FLORIAN ILLIES
Generation Golf zwei

Buch

Als Florian Illies im Jahr 2000 seine Beobachtungen über die Generation Golf, die zwischen 1965 und 1975 Geborenen, vorlegte, glaubte er, es werde zukünftig keine weitere Generalinspektion dieser Jahrgänge anstehen, denn »Veränderungen wird die Zukunft kaum bringen«. Doch weit gefehlt. Plötzlich war sie da, die Krise: die kranke Weltwirtschaft, der 11. September und – ja, auch die ersten Falten. Diese unvorhergesehenen Schwierigkeiten haben das Lebensgefühl der Generation entscheidend verändert; sie muss erneut durch den TÜV. Die Golfer sind aus ihrem Schönheitsschlaf gerissen worden, reiben sich nun verwundert die Augen über ihre eigene Naivität und bekennen: »Ich könnte mir vorstellen, auch mal was anderes zu machen.« Nur was? Was sollen sie bloß mit ihrer Zeit anstellen, in der sie früher über Aktienkurse sprachen? In ein Wellnesshotel gehen, gegen den Irak-Krieg demonstrieren, einen Generationenkonflikt mit ihren Eltern anstreben, oder doch lieber noch einen Latte Macchiato trinken? Und trotz aller Unentschiedenheit seiner Altersgenossen stimmt Florian Illies nicht in das allgemeine Klagelied ein. Denn er hat wie die meisten Golfer das Gejammer längst satt und will endlich wieder über sich selbst lachen. Humorvoll und mit leichtfüßiger Ironie serviert er seine scharfen Beobachtungen und liefert so einen aktuellen Verkehrsbericht über die glamourösen Neunziger und den darauf erfolgten Crashtests.

Autor

Florian Illies, 1971 geboren, lebt als Autor in Berlin. Er war Leiter der Berliner Seiten der Frankfurter Allgemeinen Zeitung und des Feuilletons der Frankfurter Allgemeinen Sonntagszeitung. Bisher erschienen von ihm die Bestseller »Generation Golf« (2000) und »Anleitung zum Unschuldigsein« (2001).

Florian Illies
Generation Golf zwei

GOLDMANN

Umwelthinweis:
Alle bedruckten Materialien dieses Taschenbuches
sind chlorfrei und umweltschonend.

Der Wilhelm Goldmann Verlag, München, ist ein Unternehmen
der Verlagsgruppe Random House GmbH.

1. Auflage
Taschenbuchausgabe Mai 2005
Copyright © der Originalausgabe 2003
by Karl Blessing Verlag, München,
in der Verlagsgruppe Random House GmbH
Umschlaggestaltung: Design Team München
Umschlagmotiv: Neue Gestaltung GmbH, Berlin
Druck: GGP Media GmbH, Pößneck
Verlagsnummer: 45967
KvD · Herstellung: Sebastian Strohmaier
Made in Germany
ISBN 3-442-45967-2
www.goldmann-verlag.de

7 Ich könnte mir vorstellen,
auch mal was ganz anderes zu machen.

35 Der Herr hat's gegeben,
der Herr hat's genommen.

85 Nichts ist mehr, wie es einmal war.

115 Wir sollten mal wieder schön essen gehen,
nur wir zwei.

133 Berlin soll ja so spannend sein!

175 1 Kurzmitteilung eingegangen

201 Bitte sag jetzt nicht, ich sei schon genauso
wie meine Mutter.

239 Es wird schon wieder wer'n,
sagt die Frau Kern.

253 Register

ICH KÖNNTE MIR VORSTELLEN, AUCH MAL
WAS GANZ ANDERES ZU MACHEN.

Quarterlife Crisis. Wo feiert ihr eigentlich in diesem
Jahr Weihnachten? Nutella. Du hast alles, was wir
hier nicht brauchen. Besondere Kennzeichen:
keine.

Uns ging es nicht so gut. Wir saßen bei Carolin und Justin in der Küche und frühstückten. Es war Sonntagvormittag, und durch die kahle Pappel fiel fahles Wintersonnenlicht. Eigentlich wollten wir noch einen Spaziergang machen, aber alle hatten ein bisschen Grippe. Ich freute mich auf einen Schluck Kaffee, damit ich endlich die Esberitoxtropfen nicht mehr auf der Zunge schmecken musste. Am Boden krabbelte Constantin, ihr einjähriger Sohn, und auf dem Tisch stand ein Glas Nutella. Die anderen redeten gerade darüber, dass Gerhard Schröder im Fernsehen jetzt immer so blass sei und so tiefe Falten habe. Annabelle taxierte in diesem Augenblick ganz unauffällig die Krähenfüße an Carolins Auge. Niemand bemerkte, dass ich das Glas in die Hand nahm. Es war schwer, und während ich den Deckel abschraubte, hoffte ich, dass es noch ungeöffnet war. Und dann knackte tatsächlich dieses wunderbare Nutelladeckelknacken eine Hundertstelsekunde später durch die ganze Küche. Ich blickte auf die goldene Zellophanfolie und wollte sie abziehen, doch plötzlich juckte es mich in den Fingern, ich nahm das Messer und – stach zu. Erst als ich das Messer, an dessen Spitze nun ein erstes bisschen Nutella hing, wieder herausgezogen hatte, merkte ich an den hungrigen Blicken der anderen, wie gut sie mich verstehen konnten. Das letzte Mal hatte ich die Goldfolie mit zwanzig zerstochen, voller Wut, nachdem mich Franziska verlassen hatte, weil sie fand, dass ich in schwarzen Lederjacken albern aussah. Zum Trost hatte ich damals in zehn Minuten ein volles Glas Nutella geleert.

Als ich mich am Tisch umblickte, spürte ich, dass alle für einen kurzen Moment in die Vergangenheit abgetaucht waren, zu Frühstückstischen mit Kaba und aufgebackenen Brötchen. Zum Glück nicht lang genug, um sich bewusst zu machen, wie traurig es eigentlich war, dass wir fast mehr nostalgische Erinnerungen an eine Nussnougatcreme haben als an unseren Heimatort. Aber es war doch lang genug, dass anschließend jeder am Tisch erzählen wollte, wie enttäuschend es früher war, wenn die Mutter das braun-weiß gestreifte Nusspli mitbrachte und sie nicht glauben wollte, dass es eben nicht genauso schmeckt.

Da sah ich, dass an der Pinnwand neben dem Herd Werbung hing für Kiesertraining und für Bildhauerkurse auf Mallorca. In punkto Rückenprobleme und auch in punkto Sehnsüchte haben wir unsere Eltern also eingeholt. Wenn das so weitergeht, baumeln da wahrscheinlich schon bald die rot-blauen Terminankündigungskarten des Bofrost-Fahrers. Nur die Hochzeitsanzeigen, die an den Pinnwänden hängen, die sind etwas kürzer geworden, seit die Frauen keine Doppelnamen mehr tragen.

Plötzlich begannen die Frauen am Tisch merkwürdigerweise darüber zu diskutieren, warum es bei H&M eigentlich nur Pyjamas mit Snoopys drauf gibt. Seit ihnen H&M, ihr persönlicher Schrankausstatter, plötzlich unmissverständlich klarmacht, dass sie zu alt für ihn sind, wissen die jungen Frauen offenbar gar nicht mehr, was sie überhaupt noch tragen sollen. Sie haben völlig die Orientierung verloren: »Ich würde so gerne nachts mal was Vernünftiges anziehen, aber bei H&M gibt es ja nur noch Pyjamas mit Snoopys drauf«, jammerte Carolin.

Da hat man sich seit Jahren darauf verlassen können, dass bei H&M die Kleidung bereits lange angeboten wurde, bevor man sich danach sehnte. Man denke nur an den beängstigenden Anstieg der Lammfellmäntelpopulation im Winter 2002/3. Gerade so, als hätten wir mit dem Schweigen der Lämmer endlich ernst machen wollen. Und nun das. Eine ganze Generation von jungen Frauen wünscht sich vernünftige Pyjamas ohne Snoopys drauf – und niemand geht auf sie ein. Kein Wunder, dass wir immer tiefer in die Wirtschaftskrise geraten, wenn nicht mal mehr die simpelsten Grundsätze von Angebot und Nachfrage funktionieren. Ich würde schätzen, wenn die Frauen bei der Bekleidung für die Nacht nur halb so viel vernünftige Auswahl hätten wie bei der für den Tag, dann wäre zumindest die Textilindustrie weltweit über Nacht aus dem Gröbsten raus. Doch weil ihn die ewigen H&M-Diskussionen nervten, zog Justin den Reißverschluss seiner Zara-Strickjacke hoch und fragte: »Wo feiert ihr eigentlich dieses Jahr Weihnachten?«

Das ist wahrscheinlich eine dieser Fragen, die uns unweigerlich jetzt tatsächlich zeigt, dass eine neue Lebensphase angebrochen ist. Sie hat als entscheidende Jahresendfrage ab September eindeutig das »Wo feiert ihr eigentlich dieses Jahr Silvester?« abgelöst. Früher war klar, wo man an Weihnachten war – zu Hause bei den Eltern nämlich. Die eine Ausnahme, wenn man mal wegen Auslandsstudium oder angelesenem Revoluzzertum trotzig allein an jenem Ort blieb, den die Eltern mitleidig »Butze« nannten, fällt da statistisch nicht ins Gewicht. Das Einzige, was sich änderte, war die zu Hause verbrachte Gesamtzeit, denn die reduzierte sich langsam auf eine Kernweihnachtszeit vom Nachmittag des Vierundzwanzigsten bis zum Sechsundzwanzigsten morgens. Und das lag nur daran, dass Weihnachten mehr und mehr zu einem Fest der Fragen wurde: Was man an Heiligabend essen wolle, wann man mit dem Studium fertig sei, was man am ersten Feiertag essen wolle, ob man eine Freundin habe, was man seinem Patenkind geschenkt habe, was man am zweiten Feiertag essen wolle und ob man denn eigentlich wirklich schon wieder so früh abreisen müsse. Doch irgendwie wurden diese Fragen dann irgendwann wie Weihnachtsbaum und Kirchbesuch zu einem festen Bestandteil des Rituals, und wenn eine ausblieb, vermisste man sie fast. Nun ist alles komplizierter geworden, weil viele aus Liebe oder Zufall zu zweit sind. Und so heißt es nun, wenn die Blätter von den Bäumen fallen: zu dir oder zu mir?

Vergangenes Jahr waren wir bei Annabelles Eltern. Weil ihre Eltern vorsichtig sind, wie so viele Eltern, schenkten sie uns bloß einen sehr schönen

Ständer für eine Stehlampe. Dazu bekamen wir noch einen Gutschein für einen Lampenschirm. Wie immer löst man Gutscheine nie oder höchstens verspätet ein. Da uns ihre Eltern besuchen wollten, gingen wir also im Februar zu einem nicht ganz so teuren Möbelgeschäft. Doch dort gefiel uns nichts so recht, also gingen wir in ein schon recht teures Möbelgeschäft. Aber leider entdeckten wir dann einen schönen, schlichten Schirm nur im sehr teuren Möbelgeschäft nebenan. Die Besitzerin des alteingesessenen Ladens war eine sehr nette Frau, die uns stolz erzählte, dass sie gerade die Gardinen für den neuen Bankettsaal des Kanzleramtes geliefert habe. In ihrem Laden gab es große Tische aus dunklem Holz, überall schwere Stoffe und sehr große Vasen, in denen kleine, grüne Bambusstümpfe steckten, die oben ein paar Blätter hatten. Wenn die Generation vor uns dafür verantwortlich war, dass weltweit jede zweite Kiefer als Brett in einer deutschen Studenten-WG landete, dann wurden für unsere Wohnungen bislang wahrscheinlich schon mehr Bambusstangen bei lebendigem Leib in kleine Stücke geschnitten als Currywürste seit dem Zweiten Weltkrieg. Das Einzige unter dreißig Euro in ihrem Geschäft waren die schwarzen Notizbücher von Moleskine, also die mit dem flachen Kängurubeutel hinten, dem schwarzen Gummiband drum herum und der Versicherung, dass sich schon Bruce Chatwin und Ernest Hemingway darin Notizen gemacht hätten – zum Glück sind die Moleskines dann aber in der Regel doch unbenutzt. Wir bestellten also unseren Lampenschirm. Sie werde uns anrufen, sagte die Dame, sobald er da sei.

Da in Deutschland die Lieferung von Möbeln aller Art leider ungefähr so lange dauert wie eine durchschnittliche Affäre von Prinzessin Stephanie oder eine normale Tarifauseinandersetzung im öffentlichen Dienst, fingen wir erst im Spätsommer an, skeptisch zu werden. Im September, sechs Monate nach der Bestellung und kurz vor Beginn der herbstlichen Stehlampenhauptnutzzeit, wagte ich einen Vorstoß und rief bei der Firma an. Leider tutete es nur, doch ich versuchte es erneut. Offenbar hatte ich mir eine falsche Nummer notiert. Ich ging ins Internet und gab bei Google den Namen der traditionsreichen Einrichtungsfirma ein, weil ich keine Lust hatte, für die Auskunft der Telekom so viel zu zahlen wie für ein halbes Moleskine-Notizbuch. Ich wurde auch rasch fündig. Doch dann war mein Schrecken groß: Der einzige Fund der Suchmaschine verwies mich auf eine Seite, von deren Existenz ich bis dahin nichts gewusst hatte. Es war die Liste der Insolvenzanträge des örtlichen Amtsgerichts. Vielleicht war das die Sekunde, in der ich realisierte, dass wir dem Lampenschirm nicht mehr näher kommen würden. Aber dafür die Krise uns.

»Wo feiert ihr dieses Jahr Weihnachten?«, fragte Justin noch einmal und spendierte allen eine Vitamin-C-Tablette. Als die Tablette schon so klein geworden war, dass sie gurgelnd an die Oberfläche wuppte, sagte ich: »Bei meiner Mutter.« Meine Mutter wusste dank des neuen Tarifsystems der Deutschen Bahn ja inzwischen schon ab etwa Mitte August, mit welchem Zug wir an Heiligabend am nächsten IC-Bahnhof ankommen werden.

Sie konnte ihr Glück gar nicht fassen. Denn bislang neigte ich dazu, das Alltagskontrollbedürfnis meiner Eltern zu strapazieren: Ich gab erst am Morgen der Fahrt kurz durch, dass ich zur Mittagessenszeit am Bahnhof in Fulda abgeholt werden wollte. Jetzt macht uns die Deutsche Bahn per Zwang schon mit dreißig zu vorausplanenden Spießbürgern der allerschlimmsten Art. Vermutlich dauert es auch nur noch ein oder zwei Jahre, bis wir ratlos durch den leeren Zug irren und dann einen jungen Mann bitten, seinen Sitz zu räumen, weil wir genau ihn reserviert haben, egal wie viele Plätze rundherum noch frei sind.

Ich fühle mich also erstmals wie ein Inhaber der Seniorencard, weiß ich doch nun schon im Oktober, dass ich am vierundzwanzigsten Dezember um 12.14 Uhr in Fulda ankommen werde, mit den reservierten Sitzplätzen vierunddreißig und sechsunddreißig. Ich wäre nicht überrascht gewesen, wenn mir Carolin in diesem Moment einen Seniorenteller über den Tisch gereicht hätte. Aber es war zum Glück nur der Korb mit den frischen Brötchen.

Wie komisch wird es für den kleinen Constantin sein, wenn er einmal hören wird, dass seine Eltern in einer Zeit jung waren, als es sonntags nirgendwo frische Brötchen zu kaufen gab. Wie seltsam, dass er sich nie an jene Jahre erinnern können wird, als deutsche Flughäfen und Bahnhöfe noch nicht widerhallten vom ewigen Rattern schwarzer Rollkoffer. Jene Jahre, als wir ungefähr genauso lang vorher diskutierten, mit welcher Vorwahl man am billigsten Ferngespräche führen könne, wie wir nachher telefonierten. Und anfingen, Paprika im Supermarkt als rot-gelb-grüne Ampelkoalition im Plastikpack zu kaufen, obwohl wir auf diese Weise auch die grünen Paprika, die ja keinem schmecken, im Rausziehfach des Kühlschrankes hatten, bis sie völlig verschrumpelt waren. Die Neunzigerjahre waren auch jene Zeit, als wir zu Hause in der untersten Schreibtischschublade immer ausgebeulte Briefumschläge mit Lira-Scheinen und Franc-Münzen aufbewahrten.

Leider fielen mir die immer erst dann in die Hände, wenn ich gerade zwei Tage vorher aus einem Urlaub in Frankreich oder Italien zurückgekehrt war. Und in der obersten Kommodenschublade der Frau lag deren größtes Geheimnis: ein Brillenetui, dessen Inhalt man auf ihrer Nase nur sah, wenn man sie am Schreibtisch oder beim Autofahren überraschte. Doch dann kamen über Nacht die Kontaktlinsen. Den Augen der Frau, die Constantin einmal verzaubern wird, sind leider sicherlich alle Weit- und Kurzsichtigkeiten, wenn nicht gentechnisch, so doch zumindest lasertechnisch, ausgetrieben worden.

Ob Constantin wohl seinen Eltern glauben wird, wenn sie ihm erzählen werden, dass es gegen Ende des zwanzigsten Jahrhunderts in Deutschland – neben dieser da von '89 im Osten – eigentlich nur zweimal fast eine Revolution gegeben hätte: als die Postleitzahlen von vier auf fünf Stellen geändert wurden und als die Rechtschreibung reformiert und das scharfe S geächtet wurde. Vielleicht wird er uns fragen, warum wir uns stattdessen nicht um die Sanierung des Rentensystems oder des Gesundheitssystems gekümmert haben, um Nordkoreas Atompolitik oder um den Schutz der Erdatmosphäre. Er wird uns nicht glauben, dass Michael Jackson tatsächlich einmal sang und nicht nur daran arbeitete, eine Nase wie Giorgio Armani zu haben und eine Haut wie Mozzarella mit Bartstoppeln. Und wird er es für möglich halten, dass Dieter Bohlen nicht immer schon das *Literarische Quartett* moderierte, sondern mit einer langhaarigen, braunhäutigen Schönheit auftrat, die weder Naddel noch Verona noch Estefania hieß, sondern Thomas Anders?

Und ob wir ihm begreiflich machen können, dass wir tatsächlich mal in Hotels ohne Wellnessbereich schliefen und Autos fuhren, in denen wir nicht der beruhigenden Stimme des Navigationssystems lauschen konnten, sondern immer nur die beunruhigende Stimme der Beifahrerin im Ohr hatten, die uns an jeder Kreuzung darauf hinwies, dass sie leider mit Karten nicht umgehen könne? Constantin wird auch nicht verstehen, warum wir alle einmal wussten, wer Zlatko ist, und warum es auf unseren Partys in den frühen Neunzigern tatsächlich zum Nachtisch nicht Tiramisu, sondern Mousse au chocolat in Braun und Blond verteilt auf zwei gleich große Schüsseln gab, von denen die mit der weißen Mousse immer nur halb leer wurde.

Wahrscheinlich wird uns Constantin dann anschreien, die Tür zuschmeißen und rufen, wie krank er es finde, dass wir uns an all diesen oberflächlichen Scheiß tatsächlich noch erinnern könnten.

»Ja«, sagte ich also, »wir fahren Weihnachten nach Hause.« Carolin sagte, sie würden dieses Jahr zum Glück auch wieder zu ihrer Mutter fahren. Vergangenes Jahr bei Justins Eltern nämlich sei es etwas merkwürdig gewesen. Ihre Schwiegermutter habe ihr ein hauchdünnes Negligé geschenkt, und als sie es ausgepackt hatte, habe die Schwiegermutter immer so gönnerhaft zu ihrem Sohn hinübergeschaut, als wolle sie sagen: Guck mal, was ich dir Gutes tue. Und dann, so berichtete Carolin, habe ihr Justins Mutter auch noch erzählt, dass es kaum benutzt sei, sie habe es nur einmal angehabt, damals in den Flitterwochen. »So was würde meine Mutter nie machen!«, sagte Carolin. Doch dann fiel ihr ein, dass die ihr, als sie gerade dreizehn war, vor der Klassenfahrt geraten habe, sich endlich die Pille verschreiben zu lassen, obwohl Carolin zu diesem Zeitpunkt ausschließlich Pferde küsste.

Offenbar sind also diese Fotoserien mit Müttern und Töchtern aus *Brigitte* und *Bunte* doch nicht erfunden. Darin erklärt jedesmal die Tochter, eigentlich sei ihre Mutter für sie wie eine beste Freundin. Das Foto daneben zeigt die beiden, wie sie sich umarmen und strahlend in die Kamera blicken – und beide haben den gleichen Rolli an. Marie Pohl, Jahrgang 1979, Autorin von *Maries Reise*, hat bereits resigniert angesichts des Kuschelverhaltens unserer

Generation: »Wenn ich rebellieren würde, würde ich das bestimmt auch noch vorher mit meinen Eltern absprechen.«

Die Hauptanstrengung unserer Generation besteht eigentlich bis heute darin, etwas auch dann zu tun, wenn es die Eltern gut finden. Zum Beispiel wenn wir in der Spargelzeit wissen wollen, wie man eine Sauce Hollandaise selbst macht. Dann wählen wir die vierstellige Nummer in der fernen Provinz, die wir besser auswendig können als die Geheimzahl unserer EC-Karte, und überraschen sie mit Anrufen zu ungewöhnlichen Zeiten. Schnell haben wir gemerkt, dass unsere Mütter uns diese praktischen Fragen nicht nur beantworten, sondern dass wir sie mit nichts glücklicher machen können als mit solchen Hilferufen. Und deshalb haben wir auch angefangen, uns ganz unverschämt zu Weihnachten von unseren Eltern Unterhemden zu wünschen, da inzwischen sogar die Frauen eingesehen haben, dass es kein Naturgesetz ist, unten am Rücken zu frieren, wir gar nicht wissen, wo man Schiesser-Unterhemden bekommt – und wir außerdem beim Unterhemdenkauf nicht unbedingt beobachtet werden wollen.

Leider erinnert das alles fatal an unsere Jugend. Damals wollten uns unsere Mütter auch schon Unterhemden schenken und Spargelsaucenrezepte erklären, aber wir wehrten uns noch. Inzwischen haben wir erkannt, dass es kein Entkommen gibt. Im Fernsehen läuft *Die 80er Show,* und im Radio machen Nena, Marius Müller-Westernhagen, Dieter Bohlen und Herbert Grönemeyer nicht nur exakt dieselbe Musik wie vor zwanzig Jahren, sie stehen damit auch exakt auf denselben vorderen Plätzen der Hitparaden und, das ist daran das Unheimlichste, sie sehen auch noch exakt so aus wie 1987. Wenn man heute das Autoradio anmacht und Grönemeyer wieder die Silben verschluckt und Nena ihre wehmütige Kleinmädchenstimme aufsetzt, dann wundert man sich fast, dass danach in den Nachrichten der Bundeskanzler nicht mehr Helmut Kohl heißt.

Wir sind wahrscheinlich die erste Generation, die ihr Leben nicht mehr als authentisch empfindet, sondern als ein einziges Zitat. »Neu an den Revivals unserer Zeit ist nur«, sagte Justin, »dass sie – wie beim Schlaghosentragen – etwas zusammenpappen, was bisher nicht zusammenzupappen war: Nostalgie und Avantgarde.« Er schnitt noch ein paar Scheiben von dem Vollkornbrot ab, dabei hüpften die Vollkörner fröhlich durch die Küche. Vielleicht erleben wir ja auch noch den Tag, an dem die Bäcker die Körner wieder ins Brot reintun und nicht mehr außen drauf. »Sagt mal«, fragte da Justin, »was macht eigentlich Anna?«

Ja, also Annabelles Freundin Anna mit den wilden Locken, die immer gegen alles rebelliert hatte, was von zu Hause kam, und die immer nur gegähnt hatte, wenn ihre Mutter anrief, verstörte uns alle, als sie uns zu ihrem dreißigsten Geburtstag einlud – und schrieb, dass sie bei ihren Eltern auf dem Land feiern würde. Bei unseren anderen Freunden sieht es nicht anders aus, auch dort herrscht der große Generationenfrieden. Letzte Woche traf ich zum Beispiel Katharina. Sie war immer diejenige gewesen, die am längsten ausging, am meisten feierte und immer stöhnte, wenn die Rede auf ihre Heimat, Düsseldorf, kam und auf die Firma ihres Vaters. Sie wurde Anwältin, lebte ein cooles Bilderbuchleben in Berlin und hatte mich nur einmal überrascht, als sie mir stundenlang erzählte, wie sie und ihre Geschwister den gemeinsamen Liedvortrag für den sechzigsten Geburtstag ihres Vaters vorbereiteten. Doch als ich sie diesmal traf, überraschte mich Katharina noch viel mehr. Sie hängte ihren Wintermantel mit Pelzbesatz über den Stuhl, bestellte sich einen Wodka Sour und berichtete dann strahlend, dass sie ihren Job in Berlin gekündigt habe. Ich erwartete nun, dass sie entweder mit ihrem Freund auf Trekkingtour durch Nepal gehen würde, Anwältin in einer Fernsehgerichtsshow werden oder mit ihren Freunden eine Beratungsagentur in Silicon Valley gründen wolle. Dann fiel mir ein, dass sie das ja alles schon gemacht hatte. Es sei ihr zwar peinlich, sagte sie da, aber sie steige jetzt bei der Firma ihres Vaters in Düsseldorf ein, der gehe inzwischen schließlich schon auf die fünfundsechzig zu. Ich schüttelte ein bisschen mein Glas und ließ die Eiswürfel klacken, um meine Verwunderung zu überspielen.

Aber vielleicht ist das ja auch der Lauf der Zeit, der Telekom-Chef Kai-Uwe Ricke ist schließlich auch der Sohn des vorvorletzten Telekom-Chefs. Und der amerikanische Präsident Bush, der Sohn des vorletzten amerikanischen Präsidenten, führte auch noch einmal den Irakkrieg des Papas. Er wird die Sachen in Amerika wahrscheinlich aber auch nur so lange regeln, bis Chelsea Clinton mit ihrem Studium in Oxford fertig ist und seinen Job übernehmen kann. Jetzt setzen sich also endlich auch die Töchter auf die Chefsessel ihrer Väter – vielleicht ist das ja der Beitrag unserer Generation zum Weltgeschehen. Und vielleicht erleben wir es ja sogar noch, dass es eine Frau in den Vorstand eines DAX-Unternehmens schafft. Das wäre doch mal was, da würden wir sogar in der Achtung der Doppelnamenfrauen steigen.

Aber ist es nicht schrecklich, dass wir immer nur daran denken, in der Achtung jener zu steigen, die uns ohnehin schon die ganze Zeit achten? Die vollständige Entmutigung unseres Widerspruchsgeists nahm schon in der Schulzeit groteske Formen an. Der Sanftmütigste unter meinen Lehrern an der Winfriedschule, Herr Lobscheck, bekannte nach einer langen Folge von kleinen Demütigungen und Piesackereien durch uns Schüler kurz vor dem Abi auf der Klassenfahrt: »Danke, ich habe trotz allem viel von euch gelernt.« Die einzige Protestform gegen all das Verständnis, die uns damals einfiel, war der Rückzug ins Konservative. Und so erschienen wir zur Abifeier alle in schwarzen Umhängen und schwarzen Doktorhüten mit Bommeln dran, wie sie englische Studenten tragen. Doch zu unserer großen Enttäuschung fanden das Lehrer wie Eltern gleichermaßen sehr originell und fotografierten uns gerührt.

Vielleicht machen wir mit unserer Art ja die ältere Generation auch irgendwann so richtig aggressiv. Weil wir all das, wofür sie gekämpft haben, nicht mehr zu würdigen wissen, sondern als Selbstverständlichkeit hinnehmen. Bald, ganz bald, werden die Älteren doch wieder anfangen, uns ihre eigenen Biographien als leuchtendes Beispiel für ein geglücktes Leben vor Augen zu halten. Als Beispiel dafür, wie man es richtig macht. Wie man in der Jugend rebellisch ist und im Alter abgesichert. Wie man sich selbst verwirklicht und zugleich den Anschein erweckt, als wolle man die Welt verbessern. Und wie man tatsächlich die Welt ein bisschen zu verbessern versucht, indem man den Kampf für fair gehandelten Kaffee aufnimmt, womit nicht die Frage nach dem Preis für einen Medium-Becher bei Starbucks gemeint ist. Und was werden wir dann sagen, wenn uns die Älteren oder die Jüngeren, die jetzt noch am Boden krabbeln, fragen werden zu unserer Biographie? »Das lässt sich kurz machen, Abitur 1990, Hobbys: telefonieren und Freunde treffen, dann Studium, Beruf, Heirat.« Oder werden wir sagen: »Was willst du wissen? Wann wir geheiratet haben? Oder auch, wann wir uns haben scheiden lassen? Wann ich den tollen Job bekommen habe? Oder wann ich ihn verloren habe?«

Auf jeden Fall sind jetzt unweigerlich die Zeiten vorbei, als man noch krampfhaft glaubte, nach biographischen Einschnitten im gleichmäßigen Lauf der Dinge suchen zu müssen. Und sich deshalb so begeistert »Abi 1988«- und »Abi 1995«-Aufkleber an die Scheibe des ersten eigenen Wagens klebte. Damals hatte man das Gefühl, nun sei, nach der Geburt, endlich das zweite für den Lebenslauf relevante Datum erreicht. Als hätte man die entscheidende Hürde im Leben genommen. In der Nachkriegszeit jedenfalls sah man kein Ford T-Modell oder einen Opel-Laubfrosch mit dem Aufkleber

»Notabi 1941«, und auch die Besitzer der Enten und Käfer der Siebzigerjahre hätten jedem etwas gehustet, der ihre schöne Parade von »Atomkraft, nein danke!«-, »Energie sparen!«- und »Legal, illegal, scheißegal«-Aufklebern mit einem Hinweis auf die zuletzt besuchte Schule gewaltvoll unterbrochen hätte. Aber wir sind auf unser Abi stolz. Na ja, sagen wir mal: wir waren. Der Aufkleber ist inzwischen schon fast ganz abgeblättert, und leider stecken neuerdings an meinem alten Golf meist im Außenspiegel nur kleine kopierte »Wollen Sie Ihr Auto verkaufen?«-Zettel in Gelb oder Grün. Darauf stehen türkische Namen und 0178-Nummern, deren Besitzer »24 Stunden erreichbar« sind und die einen »fairen Preis« zahlen wollen, »Sofort Abmeldung! Sofort Bargeld«.

»Soll ich noch mal neuen Kaffee aufsetzen?«, fragte Carolin. Und wir nickten. Während das Nutellaglas immer schon auf unseren Frühstückstischen gestanden hat, hat sich kaffeekochtechnisch so einiges verändert. Schon wieder vorbei ist die Zeit, als man blecherne Gebilde von der Gestalt eines mittelalterlichen Wehrturms auf den Herd stellte und wartete, bis das kochende Wasser von unten nach oben ein paar Tröpfchen kostbaren Kaffees hervordrückte. Sicherlich weil man irgendwann das erschöpfte Ausatmen des winzigen Blechturms nach vollendeter Knochenarbeit nicht mehr hören mochte. Außerdem wusste man nie, wie das Gebilde eigentlich heißt, auch wenn auf den Kartons »Cafetiera« steht. Wenn man zudem einmal genau in den Untersatz voll merkwürdig schwarzer Ablagerungen und weißer Bläschen geblickt hatte, der dem Abguss einer Gemeinschaftsdusche in einem bulgarischen Ein-Sterne-Hotel ähnelt, griff man gerne zu jenem anderen Dings ohne Namen. Jenem Herunterdrückteil aus Glas, in das man oben Kaffee und heißes Wasser reintut und dann voller Konzentration und mit ganz viel Kraft ein anderes Dings im Dings runterdrückt. Von außen betrachtet, erinnert mich das an früher, wenn mich Jürgen im Schlitzer Freibad unter Wasser tunkte, weil ich einen blöden Spruch gemacht hatte. Bei allen anderen, die nicht an so etwas denken müssen, ist jedoch das Runterdrückteil inzwischen angesagter als das schnaufende Blechtürmchen. Und für den Notfall hat man ja auch noch die alte Kaffeemaschine auf der Ablagefläche stehen, auch wenn man ihr noch nicht einmal mehr die Ehre erweist, eingestöpselt zu sein.

Aber es gibt Hoffnung. Es gibt offenbar seit kurzem ein zweites einschneidendes Ereignis in jeder Biographie der nach 1965 Geborenen. Endlich wurde ein Name für jene Ratlosigkeit gefunden, die nicht durch zu viele, sondern durch zu wenige Widerstände entsteht, für jene Erschöpfung, die einen beschleicht, weil man nicht weiß, wofür man eigentlich kämpfen soll. Wenn man kapituliert vor der Fülle der Möglichkeiten. Keine Eltern mehr hat, die einen zwingen, Jura zu studieren, obwohl man doch so gerne Maler geworden wäre. Wenn man alles darf. Was ganz schön anstrengend ist. Das Phänomen heißt Quarterlife Crisis. Es kommt, natürlich, aus Amerika. Und: Es klingt gut. Wir machen auch das noch unseren Eltern nach, wir rauben ihnen jene Phase, in der sie es plötzlich so anstrengend finden, nicht mehr jung zu sein: ihre Midlife Crisis. Wie alles andere, wie Pubertät, erste Freundin und den ersten Entschluss, mit dem Rauchen aufzuhören, ziehen wir auch die erste Krise einfach vor: auf die Zeit zwischen fünfundzwanzig und fünfunddreißig.

Mein Bruder, der Philosoph, sagt, das sei so, weil wir keine Werte mehr hätten. Ich weiß nicht, ob er damit Recht hat, ich weiß nur, dass wir uns für unser Leben ein Navigationssystem oder besser noch eine Suchmaschine à la Google wünschen, die ganz viele Treffer zum eingegebenen Suchbegriff ausspuckt. Doch natürlich müssen wir erst einmal wissen, was wir suchen. Und dann, wenn wir etwas eingegeben haben, sagen wir mal »Glück« oder »Zufriedenheit«

oder »Erfüllung«, dann müssen wir leider erkennen, dass es nicht einen Weg dorthin gibt, sondern ungefähr vierhunderttausend mögliche Wege, vierhunderttausend Treffer. Nach dem Motto: We are still confused, but on a higher level.

Im Buch *Quarterlife Crisis* gibt es für alle Verzweifelten sogar praktische Anleitungen, etwa das schöne Kapitel »Finding a Passion«. Wir sind sicherlich die erste Generation, die Hilfestellung bei der Suche nach einer Leidenschaft braucht. Das hat sich schon frühzeitig angedeutet: Wir haben in den Fragebögen dieser poesiealbumähnlichen Bücher, die gerade Ende der Achtziger gerne an Freunde ausgegeben wurden, unter Hobbys entweder Musik hören oder telefonieren oder Fahrrad fahren hingeschrieben. Aber das taten alle nur, weil sie sich nicht trauten, wie im Pass bei Besondere Kennzeichen keine einzutragen. Unglücklicherweise schlittern wir gerade nicht nur kollektiv in die Quarterlife Crisis hinein, sondern werden zugleich mit der deutschen Wirtschafts-Crisis konfrontiert. Man könnte auch sagen: mit der Realität.

Auf dem Höhepunkt der Interneteuphorie und des Aufschwungs hatten wir das Faulenzen an jene Gestalten delegiert, die sich im *Big-Brother*-Container monatelang auf gelben Sofas fläzten. Das will jetzt keiner mehr sehen, weder die, die schuften müssen, noch die, die jetzt leider selbst auch tagsüber zu Hause auf dem Sofa sitzen. Deshalb wurde die jüngste *Big-Brother*-Staffel ganz den veränderten Gegebenheiten angepasst: Sie heißt *Big Brother: The Battle*. Das Leistungsprinzip hat nun auch bei RTL Einzug gehalten. Wie übrigens auch schon bei *Deutschland sucht den Superstar*. Das größte Lob, das die Jury dort vergab, lautete: »Du hast verdammt hart an dir gearbeitet.«

Diese darwinistische Sendung machte unmissverständlich klar: Wo es Sieger gibt, muss es eben auch Verlierer geben. Oder, wie Dieter Bohlen zu einem der ersten Kandidaten sagte, bevor er ihn rauswarf: »Du hast alles, was wir hier nicht brauchen.« Als dieser weinte, ergänzte er: »Ich bin nicht Dieter Teresa.« Dass es Dieter Bohlen mit dieser Art, unbequeme Wahrheiten deutlich auszusprechen, plötzlich schaffte, ein Idol zu werden, hat viel damit zu tun, wie sehr das Konsenssystem Bundesrepublik endlich auf den Hund gekommen ist.

Gegen Demütigungen dieser Art versuchen wir uns alle tatkräftig zu wappnen. Wir tun das hauptsächlich mit einer Aussage, die recht harmlos wirken mag, es aber nicht ist. Meist ist dieser Satz zu hören, wenn man sich abends mit Freunden zu einem Glas Wein trifft und sich gerade entweder über die Langeweile oder den unzumutbaren Stress bei der Arbeit beschwert hat. Er erklingt immer nach einer kurzen, verhaltenen Pause, in einem sehr bedeutungsschwangeren Ton. Der Satz geht so: »Ich könnte mir vorstellen, auch mal was ganz anderes zu machen.« Er ist der einzige Satz, der immer passt.

Dieses trotzige Unabhängigkeitsbekenntnis wird aber gerne auch dann abgelegt, wenn zurzeit eigentlich alles ganz okay ist. Dann meist als Antwort auf eine bestimmte Frage, eine ziemlich fiese Frage, das gebe ich zu. An jenem Morgen stellte ich sie Justin, nachdem er gerade erzählt hatte, wie gut es ihm in seiner Kanzlei gefalle. Sie lautet: »Und kannst du dir vorstellen, das jetzt genauso bis zur Rente weiterzumachen?« Nach dem dreißigsten Geburtstag ist aus irgendeinem geheimnisvollen Grund der Eintritt ins Rentenalter real geworden. Und genau darum ist die Frage danach so schrecklich. Denn natürlich will niemand, der bei Verstand ist, mit dreißig Jahren sagen: »Ja, das mache ich jetzt noch fünfunddreißig Jahre lang genauso weiter.« Aber es will auch keiner sagen: »Natürlich nicht!« Deswegen sagt jeder erst einmal: »Ich könnte mir vorstellen, auch mal was ganz anderes zu machen.« Weil das eine Antwort ist, von deren Ehrlichkeit man überzeugt ist – auch ich überlegte im Frankreichurlaub tatsächlich zwei Minuten lang, ein Weingut in der Provence zu betreiben. Außerdem glaubt man, damit unter Beweis zu stellen, was für ein nachdenklicher, weltoffener Mensch man ist.

Ich spreche diesen verhängnisvollen Satz nicht mehr laut aus, nachdem ich ihn einmal unreflektiert zu einer jungen, hübschen Frau sagte, neben der ich im Zug saß. Sie hörte ihn sich an und erwiderte spöttisch: »Du bist ja so wahnsinnig interessant.« Das Gespräch brach dann relativ rasch ab, und ich vertiefte mich wieder in mein Buch. Ich las das neue Buch von Judith Hermann, *Nichts als Gespenster*, und hoffte auf Trost und Verständnis für die Leiden meiner Generation. Doch dann las ich ausgerechnet an jenem Tag ihre Beschreibung einer Gruppe von Dreißigjährigen: »Von Veränderung sind sie alle sehr weit entfernt, viel weiter, als sie eigentlich wollen.«

Ich könnte mir vorstellen, auch mal was ganz anderes zu machen. Wenn man andere diesen Satz sagen hört, wird einem die dabei mitschwingende frühzeitige Entschuldigung bewusst, dass am Ende doch nichts anderes gemacht wird. Unverbindliches Camel-Trophy-Getue. Man will sich damit immer ein Türchen offen halten. Doch irgendwann merkt man, dass man wahrscheinlich gar nicht mehr durch das Türchen passen würde, weil man zu sehr zugelegt hat. An Bequemlichkeit. An Angestelltenhaftigkeit.

Wir kämpfen nicht mehr für Freiheit. Uns reicht es offenbar, die Möglichkeit dazu zu haben. Wir würden ja so gerne einmal etwas wirklich Sinnvolles tun. Aber leider sind wir zu abgeklärt, um uns in Indien auf die Suche nach uns selbst zu machen – schließlich haben wir uns, wie mir Julia vor kurzem schlüssig erklärte, dort nicht verloren. Und weil wir ahnen, wohin die Entwicklungshilfegelder wirklich fließen, sehen wir auch keinen Sinn darin, einen Brunnen im Kongo auszuheben. So warten wir zunehmend frustriert auf Veränderung, zerdenken jede Form von sinnvollem Engagement und suchen sechs Monate lang nach einem großen, revolutionären Magisterarbeitsthema, um dann zu realisieren, dass alles abgegrast ist, und das Thema zu akzeptieren, das der Professor vorgeschlagen hat. So bleiben wir brav im Plan, aber vorstellen konnten wir uns die ganze Zeit natürlich so einiges.

Bevor der Frühstückstisch zum Krisengipfel wurde, erzählte ich die Geschichte von Maria. Maria ist Griechin, arbeitet aber nebenbei als Fotomodell in einer Werbung für italienische Ofenpizza, weil sie schwarze Haare hat. Sie durfte, wie wir alle, alles studieren und studierte dann Kunstgeschichte. Doch nach fünf Jahren merkte sie, dass das ein Fehler war. Zwei Wochen nach dem Abschlussexamen begann sie deshalb ein Medizinstudium. Aus Leidenschaft. Obwohl einem dazu früher jeder aus Vernunftgründen geraten hat. Und, so erzählte sie uns eines Abends, nun studiere sie also Medizin. Das sei zwar komisch, denn alle anderen bei ihr an der Uni seien sechs Jahre jünger. Aber dafür wisse sie wenigstens genau, dass sie sich nicht vorstellen könne, noch einmal etwas anderes zu machen.

DER HERR HAT'S GEGEBEN, DER HERR HAT'S GENOMMEN.

Der Irakkrieg als Börsenstory. Ist die Wohnung gemietet oder gekauft? Realisierte Verluste. Betriebsbedingte Kündigung. Rudi Geiz ist geil. Was machen wir eigentlich jetzt in der Zeit, in der wir früher über Aktien geredet haben? Letzte Rettung: Wellness.

Das war wieder so ein Tag. Ich hatte mir eigentlich ganz fest vorgenommen, ihn zu einem besonders produktiven werden zu lassen. Zu einem, an dem ich am Abend zehn lästige Dinge auf meiner »To Do«-Liste genüsslich durchstreichen kann, um dann meine Arme hinter dem Kopf zu verschränken, die Füße auf den Schreibtisch zu legen und selbstzufrieden »So!« zu sagen, wie es Liebling Kreuzberg immer macht, wenn er einen Fall gelöst hat. Da meine gefühlte Stimmungstemperatur an diesem Morgen aber höchstens »geht so« war, suchte ich nach Aufputschmitteln. Als Erstes zog ich mir ein frisch gebügeltes Hemd an, kochte mir einen Kaffee und ging dann mit dem Becher ganz besonders dynamisch zu meinem Schreibtisch. Dort angekommen, war stimmungsmäßig leider noch gar nichts passiert, was damit zusammenhängen mochte, dass die Entfernung von meiner Kaffeemaschine zu meinem Schreibtisch nur etwa sieben Meter Luftlinie beträgt. Und dass bereits zu diesem Zeitpunkt ein Teil des Kaffees seinen Weg auf mein frisch gebügeltes Hemd gefunden hatte. Vielleicht lag es aber auch daran, dass mich am Schreibtisch nur die lästigen Unterlagen der Bank erwarteten, die ich endlich einheften wollte, eine Mahnung des Zahnarztes mit dem penetranten Poststempel »Gemeinsam für gesunde Zähne« und ein müder Strauß Tulpen, der über Nacht alle Lebenslust verloren hatte. Frauen ziehen in solchen Fällen angeblich Schuhe mit hohen Absätzen an, um das Selbstbewusstsein durch das Klappern auf dem Parkett ein bisschen zu stärken. Wahrscheinlich lassen sich in Kalifornien die Frauen längst Absätze direkt an die Füße operieren, wenn ihre letzte Therapie nicht gewirkt hat. Ich kam leider partout nicht darauf, was Männer in solchen Fällen tun könnten. Eventuell die Fernbedienung direkt in die Hand implantieren lassen, damit wir in jeder Lebenslage zappen, Garagentore öffnen und Stereoanlagen einschalten können, aber das wäre zu aufwändig. Mir fiel nur jener Selbstmotivationsakt ein, der sagenhaft schnell und effektiv ist: einfach den zweiten Hemdknopf öffnen und sich dann sofort wie Hugh Grant oder Jude Law fühlen. Aber für eine solche, im Irak würde man wohl sagen: unkonventionelle Maßnahme war mir die Wohnung irgendwie zu kalt.

Zum Glück hatte ich doch noch eine andere stimulierende Idee: die Waschmaschine. Ich packte sie voll mit Hemden und zwei Persil-Waschpulver-Drops, drehte den einen Knopf klackend auf vierzig Grad und den anderen mal auf klack, klack, klack eintausendzweihundert Umdrehungen pro Minute, und dann ging es los. Wieder am Schreibtisch, hörte ich, wie die Maschine durstig ihr Wasser ansaugte. Während sie nun für zwei Stunden rummernd ihre Runden drehte, hatte ich das Gefühl, immerhin schon eine sinnvolle Sache in Gang gebracht zu haben. Leider entdeckte ich erst danach, dass über dem Stuhl immer noch das weiße Hemd mit dem großen, grünen Karo drauf und den kleinen, roten Tomatensaucenflecken hing, das eigentlich der Grund gewesen war, die Maschine anzustellen.

Ich nahm einen Schluck Kaffee und dachte an Herrn Runde: Heute soll er mir nicht schon wieder entwischen, der Geldberater, der meiner Mutter den Fonds empfohlen hat, den ich soeben in der *Financial Times Deutschland* bei der Liste der »Flops 2002« auf dem zweiten Platz entdeckt habe.

In den vergangenen Wochen, wenn ich anrief, war er komischerweise immer entweder »zu Tisch« oder in »einem Kundengespräch« oder in »einer Besprechung«. Eigentlich wollte ich dann immer die Sekretärin bitten, Herrn Runde zum Schutz der Allgemeinheit und deren Finanzen keine weiteren Kundengespräche führen zu lassen und ihn stattdessen täglich acht Stunden »zu Tisch« zu schicken. Ich stellte mir vor, dass einer, von dem die Sekretärin sagt, er sei »zu Tisch«, bestimmt stolzierend durch die Gänge der Bank läuft und jedem, der ihm zwischen zwölf und zwei in die Quere kommt, ein bräsiges »Mahlzeit« entgegenschleudert, was ungefähr so logisch ist, wie wenn er am späten Nachmittag seinen Kollegen nicht einen »schönen Feierabend« wünschen würde, sondern nur laut und deutlich »Abendbrot«. Doch dann könnte die junge Auszubildende in der Kreditabteilung »Abendrot« verstehen und eventuell wäre der Himmel an diesem Abend wirklich rot, und dann würde sie Herrn Runde für einen Romantiker halten und ihn durch sofortige Heirat davon abhalten, weiterhin Unheil in den hessischen Privatfinanzen anzurichten.

Ich wollte gerade die Nummer der Bank wählen, als im Badezimmer nebenan die Waschmaschine mit ihrem Schleudergang begann. Es war vielleicht doch keine so gute Idee gewesen, die Cargojeans mit den tausend Knöpfen bei eintausendzweihundert Umdrehungen pro Minute zu waschen. Nach zwölf Minuten ohrenbetäubenden Schleuderns und zwölf Minuten sinnlosen Wartens auf die Telefonierruhe hätte ich erkennen müssen, dass meine Morgenplanung ins Wanken geraten war. Doch ich wollte mich nicht aus dem Konzept bringen lassen und starrte stoisch aus dem Fenster in die Wohnungen im Seitenflügel gegenüber. Früher war das tagsüber unter der Woche immer sehr langweilig, weil alle irgendwo arbeiteten und niemand zu Hause war. Doch die Wirtschaftskrise sorgte dafür, dass Monat für Monat ein Nachbar mehr daheim bleiben musste. Es begann sich inzwischen richtig zu lohnen, tagsüber in die Fenster gegenüber zu schauen. Auch wenn die akrobatische Sexszene im vierten Stock, Seitenflügel links, die ich gerade zu sehen glaubte, dann doch nur der Versuch war, ohne Leiter die Glühbirne in der Wohnzimmerlampe auszuwechseln. Als die Lampenwechsler böse zu mir zurückschauten, schob ich das zunächst auf den klappernden Höhepunkt des Schleudervorganges, der die Hausbewohner bis in den Seitenflügel aufgeschreckt haben könnte. Doch dann erinnerte ich mich daran, wie ich einmal als kleiner Junge in einem Stau am Hattenbacher Dreieck auf ein gleichaltriges Mädchen mit Zöpfen im Auto nebenan schaute, und zwar, so glaubte ich, sehr dezent. Ich merkte, wie sie sehr bewusst an mir vorbeiguckte, vielleicht, so hoffte ich, um die Liebe auf den ersten Blick noch einen kostbaren Moment hinauszuzögern. Doch dann streckte sie mir plötzlich fünf Sekunden lang die Zunge heraus. Das hat mich damals sehr mitgenommen. Ich zog also blitzschnell den Vorhang zu und beschloss, da die Waschmaschine langsam ausschleuderte, endlich zur Tat zu schreiten und die Bank anzurufen. Ich hatte mir einige schöne Formulierungen zurechtgelegt. Ich wollte Herrn Runde fragen, ob er eigentlich wisse, dass meine arme, alte Mutter sehr hart arbeiten musste für das Geld, das er jetzt so mir nichts, dir nichts verpulvert hat. Ich wollte ihm drohen, dass ich ihm das grüne Band der Sympathie um die Gurgel wickeln und den Begriff »Die Beraterbank« als Unwort des Jahres vorschlagen werde. Ich wollte ihn fragen, ob die Dresdner Bank vielleicht aus gutem Grund nun auch die dritte Filiale in meiner direkten Nähe geschlossen habe, damit ich nicht irgendeinen x-beliebigen Kollegen von ihm in Geiselhaft nehmen und unter Vorhaltung einer Wasserpistole zur Herausgabe des ursprünglichen Einzahlungsbetrags zwingen könne. Leider sagte in diesem Moment die Dame in der Dresdner-Bank-Telefonzentrale: »Es tut mir Leid, aber der Herr Runde ist leider nicht mehr bei uns beschäftigt.«

Na bravo. Ich ging zum Fernseher, es war der fünfzehnte Tag des zweiten Golfkrieges, wie der Nachrichtensprecher gerade erklärte. Wir standen alle irgendwie noch unter Schock und konnten gar nicht fassen, dass die Amerikaner wirklich einmarschiert waren, obwohl es die UN nicht erlaubt hatte. Mein Bruder, der Philosoph, sagte mir, so schlimm Saddam auch sei, er finde es unglaublich, wie egal der USA das Völkerrecht sei. Versuchte ich im ersten Golfkrieg noch gegenüber Franziska, meiner linksliberalen Freundin mit hennafarbenem Haar, die Amerikaner zu verteidigen, weil ja schließlich der Irak Kuwait überrollt hatte und nicht Texaco oder Shell, so war auch ich nun bestürzt über die Nassforschheit, mit der Donald Rumsfeld, eine Art Gerhard Stoltenberg oder Blake Carrington mit randloser Brille, alle, die nicht für ihn waren, als »Old Europe« abtat und dann den Marschbefehl gab. Seit dem Tag, an dem die Amerikaner auf Bagdad marschierten, war klar, dass leider danach mal wieder nichts mehr sein würde, wie es einmal war: die deutsch-amerikanische Freundschaft nicht mehr, die Nato als Verteidigungsbündnis ebenfalls nicht mehr und die UN als allgemein anerkannter Weltsicherheitsrat leider auch nicht mehr. Die einzige Gewissheit, die dieser Krieg von Anfang an vermittelte: Der 11. September war kein Betriebsunfall der Geschichte, sondern wirklich der Beginn von etwas Neuem. Und leider werden wir über diese Entwicklung später wohl nicht sagen, dass wir froh seien, auch dabei gewesen zu sein. Als dann eine Woche später die Iraker gemeinsam mit den Amerikanern die Statue von Saddam Hussein umrissen, sie wie eine Gummipuppe umknickten und die zwei Beinstümpfe in den Himmel ragten, und als dann die Millionen Schiiten wieder zu ihrem Heiligtum pilgern durften, da realisierte auch der Letzte im Westen, dass dieser Krieg trotz allem auch ein Akt der Befreiung für das irakische Volk war – was die ganze Bewertung, die so lange so einfach schien, als man noch abends beim Bier auf den Cowboy Bush schimpfen konnte, plötzlich wieder so richtig kompliziert machte.

Am Vorabend des fünfzehnten Kriegstages hatte ich jedenfalls in den Fernsehnachrichten gehört, wie der irakische Informationsminister, der sich wahrscheinlich extra für diese Ansprache die randlose Brille von Rumsfeld geliehen hatte, auf einer Pressekonferenz sagte, heute Nacht ergreife der Irak »unkonventionelle Maßnahmen«. Ich merkte, wie erleichtert ich war, dass zumindest das ein Bluff gewesen war, ein Bluff aus Verzweiflung. Die einzige unkonventionelle Maßnahme der ganzen Nacht war offenbar der amerikanisch-irakische Brillentausch.

Wahrscheinlich waren die Amerikaner so bestürzt von der dickrandigen Chemikerbrille, die Saddam in seinen letzten Videos trug, dass Rumsfeld, bevor der Krieg richtig losging, Fielmann damit beauftragte, für die Fernsehzuschauer daheim wenigstens die irakische Staatsführung ästhetisch etwas aufzupeppen. Anhand der Brillengestelle konnte man darum verlässlich sagen, ob die Fernsehbilder aktuell waren oder ob sie aus der Videothek stammten.

Fernsehen wurde in den Tagen des Krieges ohnehin zu einer einzigen Schule des Zweifelns: Wir wurden schon wie im vorigen Jahr bei jedem neu aufgetauchten Video, auf dem Osama Bin Laden mit Gewehr und Turban vor einer Höhle Flüche ausstoßend zu sehen war, auch jetzt bei jedem Bild von Saddam Hussein von den Reportern zur Skepsis aufgerufen. Wie früher in der *Hörzu*, auf der letzten Seite mit Original und Fälschung, durften wir nun den Fernsehschirm nach Fehlern absuchen: War es bei Bin Laden immer nur um die Frage gegangen, ob das Videoband wirklich aktuell war, musste man bei Saddam noch in einem etwas umfassenderen Sinne zweifeln. Bei jeder Einspielung, die Saddam zeigte, sagte der Reporter, es sei nicht nur unklar, von wann dieser Film stamme, sondern ob dies wirklich Saddam sei oder einer seiner zwölf Doppelgänger. Die Männer, die einem da mit breitem Schnauzer, dicker

Brille und grüner Militäruniform präsentiert wurden, sahen sich alle in der Tat erschreckend ähnlich. Da hatten wir also erst mühsam erkannt, wie fremdenfeindlich es ist, zu denken, alle Koreaner würden sich gleichen. Doch nun mussten wir lernen, dass zumindest zwölf Iraker tatsächlich genauso aussehen wie der irakische Staatspräsident. Vor lauter Zweifel, ob es der echte Saddam war, wurde bislang leider nie die Frage beantwortet, wie es gelungen sein konnte, zwölf Doppelgänger zu finden. Ich würde nämlich mal tippen, dass es bei uns nicht ganz so leicht wäre, zwölf Gerhard Schröders aufzutreiben, offenbar gibt es keinen einzigen. Wir waren ja am Ende schon froh, dass wir nach einem jahrelangen Karaoke-Wettbewerb mit Elmar Brandt wenigstens einen gefunden hatten, dessen Stimmbänder den Schröderschen zum Verwechseln ähnlich sehen. Doch ob nun im Irak zwölf Doppelgänger Saddams mit den Mitteln der plastischen Chirurgie oder mithilfe des Klonens geschaffen wurden, beides ist gleichermaßen beängstigend. Warum dann aber die Amerikaner, als der Krieg viel schneller als erwartet vorbei war, nicht wenigstens einen der zwölf Doppelgänger festgenommen hatten, wenn sie den Richtigen schon nicht kriegen konnten, das habe ich nicht wirklich kapiert. Wahrscheinlich wussten die Amerikaner, dass wir ihnen das ohnehin nicht glauben würden. Schließlich hatten sie uns gerade dazu erzogen, an gar nichts mehr zu glauben. Wir hatten gelernt, den Bildern von Saddam zu misstrauen und den Bildern des irakischen Fernsehens ohnehin. Wir schauten neue Sender wie Al-Dschasira und Abu Dhabi TV, die durch den Kriegsbeginn leider die neueste Staffel des jährlichen Doppelgänger-Wettbewerbs *Irak sucht den Super-Saddam* nicht ausstrahlen konnten. Wir hatten aber auch gelernt, den patriotischen US-Aufnahmen zu misstrauen, in denen die irakische Zivilbevölkerung die Amerikaner freudig begrüßt oder in denen die Amerikaner über den Flughafen von Bagdad robben und so tun, als seien sie im harmlosen Manöver in der Oberpfalz. Dass man an der Argumentation der deutschen Kriegsgegner zweifeln musste, da ihre einzige inhaltliche Aussage ein bequemes »No War!« war (mit einer Variante: »Pace«), das hatten wir sogar selbst geahnt. Wir waren so skeptisch geworden, dass wir es am Ende sogar für möglich hielten, dass die Osama-Bin-Laden-Berghöhlenvideos vor den Steinen in Bad Segeberg gedreht wurden, dort, wo die Karl-May-Spiele stattfinden, und die letzten Saddam-Videos mit jubelnden Menschen vor staubigen Fassaden in der Goldgräberstadt aus Winnetou II.

Es gab, das war die bittere Erkenntnis nach fünfzehn Tagen Krieg, nur noch einen einzigen Parameter: der Börsenkurs. Hätte man in den Kriegstagen den Fernseher nie eingeschaltet, so hätte man allein am Einbruch der Aktienkurse sehen können, dass der Krieg nicht so schnell vorübergeht wie gedacht, und am Kurssprung nach oben, dass die alliierten Truppen nun doch kurz vor Bagdad stehen. Und selbst auf die Befreiung der amerikanischen Kriegsgefangenen reagierte der Markt zuverlässig mit einem Anstieg um zwei Prozent. Vor dem Krieg wurde viel darüber gestritten, ob allein wirtschaftliche Überlegungen der Grund für den Angriff seien. Während des Krieges dann demonstrierte die Ökonomie, dass die Wirklichkeit manchmal noch zynischer ist als die Vorstellung: Die Börsenkurse wurden zur zuverlässigsten Informationsquelle über den Zustand der Politik, zur einzigen fast, auf die man sich noch verlassen konnte. Alles ist Fiktion, manches mehr, manches weniger, und nur der Aktienkurs ist noch real. Der Dow Jones war das CNN des Golfkriegs II.

Ich ging zurück an meinen Schreibtisch und schaltete den Computer an. Die kleinen, positiven Kriegsgewinnausschläge der Kurse aus den letzten Monaten waren natürlich nur ein Witz, wenn man an die Verluste der vergangenen Jahre denkt. Ich erinnerte mich, dass, bei Lichte besehen, nicht nur

Herr Rumsfeld und Herr Runde dafür verantwortlich sind, dass meine Mutter inzwischen nur noch Aktien von chinesischen Softwarespezialisten besitzt. Sondern ich selbst auch. Irgendwie hatte ich meine Mutter davon überzeugt, dass die Zeit für Deutschland abgelaufen sei, die für Chinas Computertechnik aber begonnen habe. Meine Mutter erwiderte zunächst nur zaghaft, dass die Experten dafür doch in Indien sitzen würden, jedenfalls heiße es das immer in den Nachrichten. Doch es gelang mir, ihr klarzumachen, dass eben kein einziger Computerinder mehr in Indien sei, sondern alle längst hier in Deutschland. Anders bei den Chinesen. Die könne man noch entdecken. Da gebe es noch waschechte, frei laufende Computerchinesen. Und so kam es, dass meine Mutter durch einen beherzten Aktienkauf wahrscheinlich mehrere tausend Chinesen in letzter Minute davon abhielt, nach Deutschland zu kommen. Inzwischen denke ich, könnten sie ruhig mal vorbeischauen, um mir und ihr zu erklären, warum denn verdammt noch mal der Kurs ihrer Aktie in den vergangenen Jahren um fabelhafte einundneunzig Prozent eingebrochen ist. Vielleicht wäre es besser, wenn ich mit meiner Mutter direkt zu der Hauptversammlung des winzigen Softwarespezialisten nach Shenzhen anreisen würde und sie voller Wut ihren Regenschirm schwingen und mit der ganzen Autorität ihres reifen Alters ins Mikrophon rufen würde: »Ihr Chinesen! J'accuse!« Ich werde ihr das demnächst mal vorschlagen, wenn sie mir wieder erzählt, dass sie keine Lust mehr habe, jedes Jahr nach Baltrum zu fahren.

Unsere Generation hatte ja damals das Gefühl, dass der Börsenboom netterweise genau zum richtigen Zeitpunkt gekommen sei. Zu Anfang des Berufslebens nämlich, als wir die neonerleuchteten Räume mit Geldautomaten nicht mehr mit dem mulmigen Gefühl betraten, gleich wieder nur das deprimierende EC-Karten-Zurückschiebpiepsen zu hören, sondern tatsächlich das röhrende Geratter der Geldzählmaschine erklang. Ein Geräusch, das an Schönheit den Schleudergang der Waschmaschine um ein Vielfaches übertrifft. Und so, glaubten wir, würde es nun ewig weiterrattern.

»Weiter so, Deutschland«, in roter Wölkchenschrift, daneben ein strahlender Helmut Kohl, das war das prägendste Wahlplakat unserer Jugend. Als dann um uns herum die Aktienkurse stiegen und jeder von Aktien redete, sogar Frauen mit langen Wickelröcken, und es eigentlich auch jedem gelang, irgendeine Aktie zu kaufen, die stieg, schlicht deshalb, weil es in jenen zwei Jahren Ende der Neunziger fast unmöglich war, eine Aktie zu finden, die nicht stieg, bildeten wir uns ein, den Dreh rauszuhaben. Erst heute wird uns klar, dass wir uns damals alle irrtümlich für Wirtschaftsweise und Durchblicker hielten und den dicken Max markierten. Und wie unerträglich diese naive Selbstzufriedenheit auf die Älteren gewirkt haben muss.

Es war ein ansteckendes Virus, wie an einem Samstagmorgen im Juli, an dem die Sonne strahlt und man sich ärgert, dass man so lange geschlafen hat. Man hört dann in der Küche im Radio, dass es heute dreißig Grad geben werde und die Parkplätze am Freibad schon überfüllt seien. Man hat kaum noch Zeit, in Ruhe ein Brötchen zu essen. Die Radiosender spielen *Hotel California* und *Here comes the sun*, man ertappt sich beim Mitsingen, Freunde rufen an und fragen, ob man nicht einfach mitkommen wolle, sie würden einen besonders schönen See kennen, und draußen auf der Straße sieht man die Nachbarn ihre Kinder, Picknickkörbe und Handtücher in die Autos verfrachten. Und die Sonne scheint immer weiter. Man denkt sich, wenn ich nicht heute auch einen Badesee finde und in der Sonne liege, dann verpasse ich etwas, bräunungsmäßig, stimmungsmäßig und überhaupt – etwas, das man nie wieder einholen kann. Und irgendwann liegt man dann in der Sonne, erleichtert, dem Herdentrieb gefolgt zu sein, beruhigt, dabei zu sein, und gewiss, am Montag im Büro bei den Gesprächen über den schönsten See und das beste Ausflugslokal mitreden zu können. Genauso war das damals mit den Aktien.

Um einen klaren Kopf zu bekommen, nahm ich die Wäsche aus der Maschine, zog den weißen Drahtwäscheständer hinter dem Kleiderschrank hervor und hoffte, wenn schon nicht vom Geräusch, so wenigstens vom Duft des Frischgewaschenen ein wenig aufgeputscht zu werden. Während ich versuchte, eine einzelne graue Socke so über die Stange zu hängen, dass sie weder nach vorn noch nach hinten runterfällt, fiel mein Blick auf die Pinnwand über dem Schreibtisch, an der die nervende »To Do«-Liste hing, auf der ich nun nicht und wohl nie mehr in meinem Leben »Herrn Runde anrufen« durchstreichen konnte. Daneben steckte ein schönes Sommerfoto, das jetzt endlich wieder zu sehen war, nachdem es ewig vom Abholzettel der Reinigung verdeckt gewesen war. Das Foto zeigt acht fröhliche, junge Menschen, die dem Herdentrieb gefolgt sind und nun auf großen Handtüchern am See lagern, neben sich Volvic-Flaschen und ein paar Zeitschriften, die von der Sonnencreme an den Fingern speckig sind. Die anderen sagten mir alle, nachdem ich ihnen das Foto geschenkt hatte, sie müssten dringend wieder Sport machen. Aber es geht hier ja um eine andere Problemzone. Die Problemzone Konto. Denkt man sich von dem Foto Nils weg, der Aktien unmoralisch findet, und Anastasia, die auch in zwanzig Jahren ihr Geld ausschließlich in Secondhand-Klamotten und die roten Gauloises investieren wird, dann gliedert sich unsere Generation in genau fünf Anlegertypen: in Björn, den Banker, in Johannes, den Journalisten, in Karin, die Ärztin, in Christian, den Juristen, und in Ruth, die Krankengymnastin. Es mag zwar fifty ways to leave your lover geben, aber ich glaube, nur five ways to lose your money.

Björn hat braunes Haar mit Locken, surft und fährt Ski und war der Erste, der Aktien kaufte, als ich noch glaubte, das gehe gar nicht. Er hatte schon bald auf dem Papier fast einhunderttausend Mark verdient, wie er gerne abends im Biergarten den blonden Frauen mitteilte, die ihn wegen seiner schicken Sonnenbrille ansprachen. Drei Jahre später ist ihm davon nicht viel mehr geblieben als seine inzwischen wieder schicke Sonnenbrille und ein paar wilde Geschichten darüber, wie er einmal fast Millionär geworden wäre. Die erzählt er jetzt beim abendlichen Bier, so wie andere von ihren glücklich überlebten Trekkingtouren im Jemen berichten.

Johannes war der Zweitschnellste. Er machte zwischendurch tatsächlich Geld mit Medienfonds und überlegte sich, »aus steuerlichen Gründen« eine kleine Eigentumswohnung zu kaufen, was mich damals in seiner ganzen erwachsenen Abgeklärtheit schwer irritierte. Er ahnte zwar, dass es nicht ewig gut gehen würde, und steckte deshalb irgendwann sein Geld in etwas, das man im Jahre 2000 »sichere Anlagen« nannte: DaimlerChrysler, Allianz, Bayer, Münchner Rück. Doch leider verlor er damit wieder etwa siebzig Prozent seines Geldes.

Ein Jahr später als Johannes, im Sommer 1999, stieg Karin, die Ärztin, ein. Nachdem alle ihre Kollegen sich vom Börsengeld den roten Mazda MX-5 oder den Fiat Barchetta gekauft hatten und sogar ihre Patienten im Krankenhaus permanent die Börsenlaufbänder bei n-tv verfolgten, war auch irgendwann ihr Widerstand gebrochen. Sie sprach mit ihren Eltern, die jahrelang für sie auf ein Sparbuch eingezahlt hatten, und sagte ihnen, dass sie die zwanzigtausend Mark jetzt in Aktien anlegen wolle. Sie erwartete starke Proteste. Doch die Eltern antworteten nur: »Ja, Kind, warum hast du das denn nicht längst gemacht.« Heute hofft Karin darauf, dass ihre Fonds irgendwann doch noch einmal mehr wert sein werden als ihre Sofagarnitur. Wenn Freunde mit Karin über Aktien reden wollen, dann sagt sie nur: »Ach, hör mir auf damit, ich bin davon geheilt.« Ihre Ego-Probleme löst sie jetzt beim Sport.

Und wenn ihre Kollegen sie bei ihrer Geburtstagsfeier fragen: »Ist die Wohnung gemietet oder gekauft?«, dann lächelt sie müde und erwidert: »Dreimal darfst du raten.«

Christian, der Jurist, stieg erst im Frühjahr 2000 ein. Er ist ein nüchterner Mensch mit Nickelbrille, und zwei Jahre lang hatte er dem ganzen Hype um sich herum nicht getraut. Er hatte anfangs warnend, später selbstzerfleischend zugehört, wenn seine Freunde von ihren Aktienspekulationen erzählten und davon, wie viel Geld man damit locker verdienen könne. Dann steckte er sein jahrelang mit Ferienjobs sauer verdientes Geld in Aktien, und zwei Wochen später kam der Crash. Doch weil Christian eine treue Seele ist, hofft er, dass es irgendwann wieder besser wird.

Ja, und dann gibt es noch Ruth, die Krankengymnastin. Sie sagte beharrlich bis fast zum Schluss, sie verstehe nichts von Aktien und würde deshalb ihre Finger davon lassen. Doch dann kam sie eines Sonntagabends von ihren Eltern zurück, und die hatten ihr so sehr dazu geraten, das, was sie auf die hohe Kante gelegt hatte, »wenigstens in T-Aktien« anzulegen. Sie ließ sich erweichen. Denn ihr Vater habe gesagt, wenn Manfred Krug dafür werbe, müsse es etwas sehr Seriöses sein, und ein Telefon brauche man immer. Denkste.

Soweit dieser kleine Depotüberblick. Es hilft ja ungemein, sich immer wieder vor Augen zu führen, dass die anderen auch so viel verloren haben. Es ist genau wie früher: Wenn ich von der Schule nach Hause kam und eine Vier in Mathe hatte, dann sagte ich zu meiner Mutter immer, auch alle anderen hätten die Arbeit verhauen, es gebe keine Eins, nur zwei Zweien, sonst nur Dreien, Vieren und Fünfen. An mir, so wollte ich damit offenbaren, lag es nicht, es waren die Umstände. Das beruhigte sie immer sehr.

Gerhard Schröder macht das bis heute so. Immer wenn es heißt, der deutschen Wirtschaft gehe es schlecht, dann betont er, dass daran die Weltwirtschaft schuld sei.

Ich blickte auf die Tulpen auf meinem Schreibtisch und überlegte, wer daran schuld sein könnte, dass sie sich bei mir immer nur zwei Tage halten und sich dann die Stängel im Sinkflug aus der Vase biegen, als wollten sie pantomimisch den Verlauf der DAX-Kurve nachbilden. Da sich auf die Schnelle kein Schuldiger finden ließ, ich aber mein Arbeitsumfeld nicht länger durch depressive Tulpen beeinträchtigen wollte, entschloss ich mich zur Tat. Als ich sie aus der Vase nahm, quietschten die Stängel, und die Blütenblätter fielen lustlos herab. Zugleich stieg ein unguter Verwesungsgeruch aus der Vase, und unten löste sich schon die grüne Haut streifenweise schleimig vom Stängel. Zwischen Schreibtisch und Mülleimer hinterließen die Tulpen auf dem Parkett kleine, grün-weiße Tropfen, die nicht wirklich stimmungsaufhellend waren. Als ich die müden, schlappen Blumenreste in den Müll drückte, wurde mir klar, dass ich auch bei diesen Tulpen eindeutig früher hätte aussteigen müssen.

Warum nur warfen wir all die hochgezüchteten Tulpen nicht früher aus unseren Depots, als sie begonnen hatten, ihre Köpfe hängen zu lassen? Warum haben wir alle stoisch mit angesehen, wie sich unser kleines Vermögen langsam, aber stetig in Luft auflöste? Ich finde, wir sollten uns darauf einigen, dass Helmut Kohl schuld ist. Denn er hat sein Volk sechzehn Jahre lang gelehrt, dass es nur darauf ankomme, die Probleme auszusitzen. Und da er sich auch drei Jahre lang beharrlich weigerte, die Spendernamen zu nennen, mussten wir als seine gelehrigsten Schüler schließlich glauben, dass sein Lebensmotto auch in finanziellen Fragen zu gelten habe. Kein anderes Volk der Welt hat bisher so ergeben mit zugesehen, wie seine Aktien den Bach runtergehen. Doch wir wollten keine Memmen sein und unsere Aktien und Fonds gleich verkaufen, wenn sie mal ein paar Tage gefallen waren; wir wollten treu sein, und wenn wir mal skeptisch wurden, dann fanden wir jedes Mal einen anderen, der uns damit beruhigte, dass André Kostolany immer gesagt habe, man solle Aktien kaufen, sie liegen lassen und sich schlafen legen. Leider war dann aber jeden Morgen nach dem Aufwachen ein bisschen weniger da. So übten wir uns im demonstrativen Weggucken.

Die 68er hatten das alles eh kommen sehen. Mit Leo Kirch sagten sie: »Der Herr hat's gegeben, der Herr hat's genommen«, und empfanden den Crash als gerechte Strafe dafür, dass sie sich mit dem Kapitalismus und dem Glamour eingelassen hatten. Sie wählten deshalb Christoph Marthalers Zürcher Theaterstück *Groundings*, in dem ihre Leichtgläubigkeit und ihr Börsenwahn so gnadenlos vorgeführt wurden, mit masochistischer Lust zur Inszenierung der Saison. Kein Wunder, wenn selbst wackere Hausfrauen ihre Ersparnisse in Technologieaktien gesteckt hatten, obwohl sie zu Hause die Orangen noch von Hand pressten.

Uns aber traf die Erkenntnis unserer Verletzbarkeit vollkommen unvorbereitet. Keine Ahnung, was wir eigentlich jetzt in der Zeit machen, in der wir früher über Aktien geredet haben. Wir schweigen und hoffen, dass es besser wird. Oder plagen uns mit der Frage herum, was es heißt, »Verluste zu realisieren«, und ob man das wirklich machen sollte oder ob man damit die nächste große Dummheit begeht. Und derweil verfolgen wir mit müdem Lächeln die unendlichen Diskussionen darüber, wie künftig Aktiengewinne versteuert werden müssen. Wir fänden es schön, wenn da überhaupt mal wieder was zu versteuern wäre.

Ganz gut wäre Sachkenntnis. Das scheint zumindest Erfolg versprechender, als den beiden älteren Herren mit Riesenbrille und Schlappohren zu glauben. Der eine, André Kostolany, hat mit seiner Sich-schlafen-legen-Theorie allein in Deutschland ein Volksvermögen von mehreren hundert Milliarden Euro vernichtet – aber vielleicht haben wir nur noch nicht lange genug geschlafen. Und der zweite, der amerikanische Notenbankpräsident Alan Greenspan, trat immer nur ganz kurz auf und sprach von Dingen, die selbst die Finanzexperten nicht verstanden. Und dann wurde wochenlang gerätselt, was er wohl gemeint haben könnte. Wir hätten es besser verstanden, wenn er einfach mal gesagt hätte: »Meine jungen Freunde in Old Europe, setzt mal lieber Stop-Loss-Order, Aktien die steigen, die fallen auch wieder.« Das hätte jeder kapiert. Aber er sagte nie so eindeutige Sätze, sondern immer mehrdeutige, wodurch er sich dann am Ende doch verraten hat. Denn eigentlich ist die Sache sonnenklar: Denkt man sich die schwarze Brille weg und das Englisch, dann erscheint niemand anderes als Hans-Dietrich Genscher, der seit seinem bis heute ungeklärten

Rücktritt unter dem Namen Alan Greenspan Genschman auftritt. Denn nur er hat es schon früher verstanden, so lange zu sprechen, ohne etwas zu sagen. Und wer zweifelt, der schaue sich bitte die Ohren an. Offenbar hat ihn Günter Wallraff auf die Idee gebracht, der sich ja nach seinem legendären Auftritt als »Ali, der Türke« in *Ganz unten* seit den frühen Neunzigerjahren mit dem charakteristischen Schnurrbart als »Jürgen W. Möllemann« zeigt. Wahrscheinlich lernten sich Genscher und Wallraff kennen, als Genscher noch als Bundesaußenminister rastlos um die Welt flog und Wallraff seine Möllemann-Rolle einübte, aus Flugzeugen sprang, um später als Fallschirmspringer sicher auf jedem Dorfplatz landen zu können, ohne dass ihm der Schnurrbart verrutschte. Um sich rechtzeitig einen der begehrten Doppelgängerjobs im Irak zu sichern, ließ Wallraff dann, als der Irakkonflikt eskalierte, Möllemann erst durchdrehen und dann abtauchen, um sich auf diese Weise unbemerkt in den Nahen Osten aufmachen zu können.

Leider konnte ich mich nicht ewig mit solchen Gedankenspielen ablenken. Zwar hatte ich inzwischen wenigstens etwas Milch und Brot eingekauft, aber von meiner »To Do«-Liste hatte ich noch kein einziges »To Do« abgearbeitet. Ich schrieb deshalb »Tulpen wegwerfen« und »Rolle von Günter Wallraff klären« darauf und strich dann beides als erledigt durch. Doch die deprimierende Post von der Bank hatte ich immer noch nicht eingeheftet. Ich machte also das, was man dann tut, wenn man Ordnung machen will. Man kreiert erst einmal ein neues Ordnungssystem. Ich nahm den alten Leitzordner mit Uni-Unterlagen, den ich von Umzug zu Umzug mitgeschleppt hatte, für den Fall, dass ich die Vorlesungsmitschriften noch einmal brauchen würde. Beim Durchblättern fiel mir auf, dass ich mich schon gar nicht mehr erinnern konnte, diese Seminare je besucht zu haben. Ich strich also auf dem Rücken die Aufschrift »WS 94/95« durch und machte mit Filzstift einen neuen Ordner auf mit dem Titel »Bank«. Nachdem ich die Briefumschläge mit den Vorjahresabrechnungen der Bank geöffnet hatte, beschloss ich das Wort »Berichtigter Wertzuwachs« zu meinem persönlichen Unwort des Jahres zu wählen. Dann heftete ich auch die achte Mitteilung der Bank ein, und schon waren sie wieder da, die dunklen Gedanken. Irgendwie hatte ich mich nämlich damals dazu hinreißen lassen, meiner Familie von einem asiatischen Internetfonds vorzuschwärmen. Erst meiner Mutter. Dann meiner Schwester, die noch nie irgendwelche Aktien gekauft hatte und ihr ganzes Geld erst in Strickwolle und jetzt in Kindergartenbeiträge steckte. Und dann sogar meinem Bruder, dem Philosophen. Und schrecklicherweise vertrauten mir alle und kauften. Ich hatte sogar Mirjam davon erzählt, einer der Ökumene sehr nahe, der Ökonomie aber sehr fern stehenden Bekannten vom Kirchentag, weil ich mir sicher war, dass wenigstens sie nicht auf mich hören würde. Aber leider hörte damals jeder auf jeden. Besonders schlimm ist es mit meinem Bruder. Wann immer wir in unseren Telefonaten auf das verschwundene Geld zu sprechen kommen, sinkt die Stimmung unter null. Ich versuche das Gespräch dann zu retten und sage ihm, für wie intelligent ich seinen letzten Aufsatz halten würde und für wie süß seinen kleinen Sohn, aber es hilft nichts. Dass ich stumpf im Auto saß und Musik hörte, während er bei Nieselregen die Kröten über die Straße trug, und dass ich einmal vor Wut sein handgeblasenes Flaschenschiff zerstörte, weil er sich beschwert hatte, dass wir schon um halb zwei nachmittags so laut Fußball spielten – das hat er mir irgendwann verziehen. Das mit dem faulen Fonds jedoch noch lange nicht. Auch im Sinne der brüderlichen Aussöhnung bin ich also ganz dringend mal wieder für ein bisschen Aufschwung.

Um zu gucken, ob der Aufschwung wenigstens schon im Fernsehen angekommen war, ging ich ins Wohnzimmer, froh, endlich den Schreibtisch mit dem lästigen neuen »Bank«-Ordner und die Pinnwand mit der Liste für ein paar Minuten verlassen zu können. Aus dem Kühlschrank nahm ich mir einen Blaubeer-Fruchtquark, zog die Folie ab, leckte den Quark an ihr ab, war davon eigentlich bereits satt und lümmelte mich aufs Sofa. Es war kurz vor acht, gleich kam die *Tagesschau*. Da trat jener grau melierte Herr auf, der in sehr selbstbewusstem Hessisch vom Frankfurter Börsenparkett leider auch heute nur berichtete, woran es wieder gehapert hat. Jeden Abend mit anschauen zu müssen, welcher Wert warum eingebrochen ist, das ist volkspsychologisch gesehen verheerend. Oben breites Hessisch, unten dicke Minuszeichen – bei der aktuellen Diskussion über die Zulässigkeit bestimmter Foltermethoden ist *Börse im Ersten* bislang naiverweise übersehen worden. Alles ist vorbei. Die New Economy. Die Spaßgesellschaft. Die Popliteratur. Der Neue Markt. Die *Börse im Ersten* aber bleibt. Das wollte ich mir nicht länger antun. Bei RTL kam Werbung für den Mumm-Sekt, das versprach, aufbauend zu werden. Zwei smarte Dreißigjährige stehen in einem Hochhausbüro, offenbar haben sie gleich eine Präsentation, sie tragen schicke Anzüge und wirken gelassen. Da fragt der eine: »Haben wir eigentlich eine Chance?« Darauf der andere: »Eigentlich nicht.« Okay, also inzwischen haben auch die Sekthersteller endgültig die Trendwende mitgemacht, vom Siegesfeiercatering zum Frustsaufen. Wie weit die Krise schon ist, zeigt sich daran, dass jetzt auch bei RTL immer öfter die Werbung für das Programm unterbrochen werden muss. *Gute Zeiten, schlechte Zeiten* beginnt, und der schmierige Restaurantbesitzer des Fasan sitzt mit seiner Frau beim Frühstück. Die Frau fragt ihn, ob er nicht in die Zeitung schauen wolle, um zu sehen, wie seine Aktien stehen. Doch er grummelt nur: »Lieber nicht.« Vor ein paar Tagen hatte ich schon bei *Verbotene Liebe* gehört – wo ich zufällig hineingeraten war, eigentlich wollte ich schauen, was es vom Irakkrieg Neues gibt –, wie Vater von Anstetten zu seiner Tochter Marie sagte: »Die Umsatzprobleme bei Avatex sind nur schwer in den Griff zu bekommen. Du wirst viele Mitarbeiter entlassen müssen.«

Wenn wir ehrlich sind, dann müssen wir zugeben, dass Arbeitslosigkeit vor gut drei Jahren etwas war, das wir nur als abstrakte Zahl kannten, jeden Monat, wenn Herr Jagoda in Nürnberg die neuen Arbeitslosenquoten verkündete. Wir dachten, das habe nichts mit uns zu tun, da gehe es um die Älteren, um die Bergarbeiter im Ruhrgebiet und die Industriearbeiter im Osten. Aber wir? Wie sollte uns, mit perfekter Karriereplanung, mit Abitur, Studium, Auslandsjahr und vielen tollen Praktika, Diensthandy, Palm, Visitenkarte mit Prägedruck und Filofax mit tausend Klebezetteln, da je etwas geschehen können? Tja. Unverhofft kommt oft. Die vielleicht am besten ausgebildete Generation aller Zeiten, die gerade ihre ersten Stellen angetreten und sich darüber lustig gemacht hatte, dass man laut Arbeitsvertrag eventuell schon mit zweiundsechzig Jahren ausscheiden könne – wir wurden eiskalt erwischt. Es ging ganz langsam los. Erst hörte man von dem Freund eines Freundes eines Freundes, der entlassen worden sei. Dann kamen die Einschläge näher. Ein halbes Jahr später wurde die Firma des Freundes eines Freundes dichtgemacht. Und noch ein paar Monate später fragte einen dann plötzlich der beste Freund, ob man einen guten Arbeitsrechtler kenne und ob man wisse, wie viel Abfindung üblich sei.

Wir konnten es erst nicht glauben, dass die deutsche »Sozialauswahl« dafür sorgt, dass die gehen müssen, die dem Unternehmen am kürzesten angehören und die wenigsten Kinder haben. Ulrike Winkelmann hat in der *taz* in ihrer schönen, bösen »Golf«-Kolumne dazu lapidar bemerkt, wie verrückt es sei, dass alle, die immer gehört hätten, dass sie sich durch ein Kind die Karriere zerstören würden, jetzt plötzlich auf der Straße sitzen, weil sie keine Kinder haben. Und die schlimmste Angst sei: Wie soll ich das meinen Eltern beibringen?

In unserer öffentlichkeitsfixierten Welt ist natürlich noch eine andere Frage wichtig geworden, nämlich: Wie soll ich es den anderen beibringen? Seit etwa zwei Jahren sind deshalb die Branchendienste aus Werbung, Journalismus, Medien und Internet vor allem damit beschäftigt, nach möglichst harmlosen Synonymen für die Wörter »Entlassung« und »Rausschmiss« zu suchen. Am Anfang glaubte man es ja ganz naiv, wenn irgendwo zu lesen war, dass sich der und der und sein Unternehmen »einvernehmlich« getrennt hätten. Nachdem man aber zum hundertsten Mal darauf gestoßen wurde und wusste, dass zumindest bei den zweien, die man kannte, »einvernehmlich« die Umschreibung für Mobbing und Türenschmeißen war, ahnte man, dass man nun auch hier zwischen den Zeilen lesen musste. Das erinnert mich sehr an die Praktikumszeugnisse, bei denen man auch immer genau zwischen den Zeilen lesen musste, um zu wissen, ob das Kopieren und Kaffeekochen »zur Zufriedenheit« aller ausgefallen sei oder gar »zur vollsten Zufriedenheit«, was etwas ganz anderes bedeutet. Die »einvernehmliche Trennung« kann sogar noch gesteigert werden, nämlich dann, wenn es richtig gekracht hat. Dann heißt es, wie bei dem Essener Energiekonzern, als der neue Vorstandschef gleich zwei Vorstände entließ, die Trennung erfolge »in freundschaftlichem Einvernehmen«. Offenbar ist das die Übersetzung einer fristlosen Kündigung, die hinter verschlossenen Türen mit dem Satz begann: »In aller Freundschaft gesagt: So geht es nicht weiter.«

Sehr gerne genommen wird auch die Formulierung: »wird künftig selbstständig tätig sein«, beziehungsweise: »kümmert sich künftig um andere Projekte im Unternehmen«, oder die neue Umschreibung für Vorruhestand: »bleibt dem Unternehmen auch weiterhin beratend erhalten.«

Michael, ein alter Freund aus Frankfurt, erzählte mir, wie absurd es gewesen sei, als er, nachdem er im Streit von seiner Firma weggegangen war, nach einer offiziellen Version suchte und sich völlig im Floskel-Dschungel verlief. Wenn er sagen würde, er habe sich einvernehmlich getrennt, wüssten ja alle, dass es Riesenkrach gegeben habe, und würden ihn dann nach der Abfindung fragen. Und dass er bald eine neue Stelle antreten werde, glaube ihm eh keiner, wenn es heiße, dass er eine neue Herausforderung suche. Fast wäre er geblieben, weil das die einzige Möglichkeit gewesen wäre, um den anderen klarzumachen, dass er nicht entlassen worden sei.

Im Dezember 2000 waren unsere Sorgen noch ganz andere. Das Männermagazin *GQ* zählte in seiner Serie »Typisch 30« die drei zentralen Fragen unserer Altersgruppe auf: Habe ich in meiner Karriere schon genug erreicht? Sollte ich meine Dauerfreundin nicht langsam heiraten? Bin ich körperlich noch fit genug? Fragen wie aus einer fernen Zeit. Jetzt, drei Jahre danach, sind sie abgelöst worden durch: Kann ich meine Karriere damit vergessen? Wieso hat mich meine Dauerfreundin plötzlich verlassen? Sind die Beiträge fürs Fitnessstudio nicht rausgeschmissenes Geld?

Unsere Generation hat bisher ja, wie es sich für eine ordentliche Jugend gehört, geglaubt, dass das Beste noch vor uns liege. Doch plötzlich beginnen wir zu ahnen, dass wir das Beste vielleicht schon hinter uns haben. Kein wirklich herzerwärmender Gedanke. Und dabei hatte alles so schön angefangen: Die einen kauften Aktien, als wären es Fußball-Sammelbildchen oder *Bravo*-Starschnitte, die anderen, wie etwa mein Freund Boris, gründeten Start-ups, hatten immer T-Shirts und weite Jeans an, und wenn sie zu Geschäftsterminen bei ihren Kapitalgebern mussten, weigerten sie sich standhaft, Krawatten zu tragen, bis auch die Kapitalgeber anfingen, die Krawatten zu Hause zu lassen und mit offenem Hemdknopf den jungen Internetpionieren Millionen anzuvertrauen. So fühlten sich die Etablierten noch einmal jung, weil sie teilhatten am neuen Zeitalter, und die Jungen cool, weil sie so einfach das Geld der Etablierten bekamen. Ein lange übersehener Grund für die Start-up-Euphorie war sicherlich auch die bundesweite Erleichterung darüber, dass es im Kino endlich keine Katja-Riemann-Filme mehr zu sehen gab. Denn ich kenne keinen Mann, der bei ihr auf unanständige Gedanken kommt, und leider auch keine Frau, die beim Anblick ihres Krusselhaares nicht sofort daran denkt, mal wieder eine Kurpackung für ihre Haare zu kaufen. Erst nachdem die Katja-Riemann- in die Franka-Potente-Zeit übergegangen war, kam es zu einem kleinen Wirtschaftsaufschwung. Aber leider ging dann auch der durch die Straßen rennenden Lola irgendwann die Luft aus. Ende Potente. Und als dann Joschka Fischer die Gründung der Frankfurter Karl-Marx-Buchhandlung in den Siebzigerjahren als sein »erstes Start-up-Unternehmen« bezeichnete, hätte man ahnen können, dass der Zug, auf den so viele aufsprangen, bald umkippen würde.

In Berlin war es besonders schlimm – in jeder zweiten Fabriketage war ein Start-up, das irgendwas mit Internet machte. In den Etagen standen Tischtennisplatten und Tischfußball, und die jungen Männer durften zwei kurze Sommer lang glauben, das Erwachsenenleben sei bloß ein ewiger Aufenthalt im Landschulheim. Mit dem einzigen Unterschied, sagte Boris, der junge Start-up-Unternehmer, dass man keinen roten Hagebuttentee aus Blechkannen trinken müsse, sondern sich mittags beim Pizzaservice fünfzehnmal Pizza Vegetariana bestellen konnte. Denn der nette Kapitalgeber bezahlte nicht nur teure Computer, spektakuläre Mietwagen und luxuriöse Hotels, sondern auch die leckeren Pizzas. Und abends, wenn er überarbeitet, aber glücklich nach Hause kam, überlegte Boris zusammen mit seiner Freundin, was sie eigentlich machen würden, wenn sie jetzt an die Börse gingen, denn dann wären sie plötzlich Millionäre.

Wenn man damals über jemanden sagte: »Der ist eindeutig noch old economy«, hieß das so viel wie: Er ist ein hoffnungsloser Fall. Wer zugab, dass er Geld in festverzinsliche Bundesschatzbriefe anlege, stand kurz davor, von seinen Freunden wegen Weltfremdheit in die Klinik eingewiesen zu werden. Das konnte ja nicht gut gehen. Nun stehen die Haffa-Brüder vor Gericht, Sommer und Middelhoff und der Neue Markt sind abgetreten, die meisten Telefongesellschaften pleite, und wer sagt, er arbeite in der »old economy«, dem wird anerkennend zugenickt. Zum Leitspruch wurde Helmut Schmidts Aufforderung: »Wer Visionen hat, der muss zum Arzt gehen.« Und wer heutzutage sagt, er arbeite in einer

Internetfirma, den fragen seine Eltern, ob sie ihm was zu essen schicken sollten.

Es war besonders passend, dass der Roman, der am Ende dieser Blase stand, *Die Korrekturen* hieß. Spätere Mentalitätshistoriker werden sich freuen, wenn sie zeigen können, dass Jonathan Franzens Bestseller erst in den USA und dann, ein Dreivierteljahr später, auch in Deutschland genau zu dem Zeitpunkt erschien, als die einschneidenden Korrekturen an den naiven Wirtschaftsprognosen vorgenommen wurden. Vielleicht lasen einfach alle in der Zeit, in der sie früher über Aktien geredet hatten, erst einmal *Die Korrekturen*.

Ich saß auf dem Sofa und blätterte, weil *Die Korrekturen* eindeutig zu dick ist, den neuen *Focus* mit der Titelgeschichte »Mut zur zweiten Karriere« durch. Damit nur die den Artikel lesen, für die er bestimmt ist, gibt es einen *Focus*-Test zur Frage, ob man »reif für den Wechsel« sei. Das letzte Mal habe ich einen derartigen Fragebogen in einer *Cosmopolitan* ausgefüllt, zum Thema: »Bin ich ein guter Liebhaber?« In der *Cosmopolitan* machen diese Tests immer viel Spaß, weil man weiß, dass man bei Fragen wie »Lieben Sie spontanen Sex an ungewöhnlichen Orten« das Ja-Feld ankreuzen muss und nicht das Feld »Nur manchmal«. Und bei der Frage nach dem Essen soll man natürlich sagen, dass man gerne exotische Früchte esse, ausgefallene Gerichte gerne ausprobiere und nie nach festgefahrenen Regeln koche. Damit kann ich sicher punkten, auch wenn ich eigentlich sehr ungerne ausgefallene Gerichte esse. Mit diesen fundierten Fragebogenkenntnissen fühlte ich mich gewappnet für den *Focus*-Test. Man müsse, so rät die Redaktion, dringend den Job wechseln, wenn sich folgende »Alarmzeichen« häuften: 1. »Sie haben keine Lust auf Überstunden mehr«, 2. »Sie fühlen sich unter- oder überfordert« und 3. »Sie haben zunehmend das Gefühl, sinnlose Aufgaben zu übernehmen«. Kommt jemandem das irgendwie bekannt vor? Ich glaube, die Zustimmungsquote bei diesem Test entspricht ungefähr dem letzten Wahlergebnis von Saddam Hussein.

Aus Protest beschloss ich, die restlichen Artikel der *Focus*-Ausgabe zu ignorieren. Da unsere Generation ohnehin den Ruf genießt, konsumorientiert und werbefixiert zu sein, reicht es vielleicht, einfach nur alle Anzeigen genau zu studieren, dann weiß man Bescheid. Ich nahm mir noch ein paar andere Zeitschriften vom Stapel und begann mit meiner repräsentativen Werbeanalyse. In *Stern*, *Spiegel* und *Focus* geht es meist los mit einer Seite in Dunkelblau, einer Werbung der Allianz-Versicherung und der Dresdner Bank. Man sieht einen jungen, adretten

Mann am Schreibtisch sitzen, der aussieht, als wäre er der alten »Generation Golf«-Werbekampagne von Volkswagen entsprungen und hätte sich danach nur kurz gekämmt. Daneben steht der Spruch: »Man lässt ihn jetzt sein Traumprojekt bauen, weil er bisher immer solide gearbeitet hat.« Wir haben doch geglaubt, dass wir nie mehr Sprüche wie »Erst die Arbeit, dann das Vergnügen« hören müssen, und nun das: solide! Brrr. Aber irgendwann, so ab Seite hundert, sehnte ich mich dann nach dem soliden jungen Mann zurück. Denn der Altersdurchschnitt der Werbefiguren auf den übrigen Anzeigen war zwischenzeitlich auf ungefähr achtundfünfzig gestiegen. Eine fröhliche, braun gebrannte Schar von Männern und Frauen im besten Alter. Als Erstes grinste mich ein Opi mit Strohhut an, der in seine Garage voller Kanus, Schaukelpferde und Tischtennisplatten blickte. Er sagte: »Warten, bis die Kinder es abholen? Da verkaufe ich es doch besser bei eBay.« Helena Rubinstein pries die neue Nachtcreme *Expressionist* an, mit dem verwegenen Versprechen: »Korrigieren sie Mimikfalten ohne chirurgische Behandlung.« Und auf der nächsten Seite stand: »Ob Sie es glauben oder nicht, weg waren die grauen Haare.« Erst dachte ich, das sei eine der üblichen »Deutschland ruckt, Deutschland packt's an«-Anzeigen mit einem subtilen, aber eventuell gegendarstellungspflichtigen Versuch, Gerhard Schröder-Köpf direkt anzusprechen. Aber offenbar ging es um die ganze ältere Generation.

Wenn der durchschnittliche Porsche-Käufer inzwischen dreiundfünfzig Jahre alt ist und der Harley-Davidson-Käufer achtundfünfzig, dann ist vorauszusehen, dass die schöne »werbungsrelevante Zielgruppe von vierzehn bis neunundvierzig«, um die früher alle buhlten, bald keinen Menschen mehr interessiert. Dass sich also für uns bald kein Mensch mehr interessiert. Neben dem soliden Mann war der einzige Mensch unter vierzig, den ich auf den Anzeigen entdeckte, Oliver Kahn. Er wirbt für ein neues Rasierwasser, doch da erwiesenermaßen Aftershaves in der Regel von Frauen für ihre Männer gekauft werden, dürfte der Duft des Oliver Kahn, der gerade seine im neunten Monat schwangere Frau mit einem einundzwanzigjährigen Discomädchen betrogen hat, im Moment nicht unbedingt der männliche Geruch sein, der Ehefrauen erfolgreich zu becircen vermag. Und wenn, dann nur mit dem guten alten Deodorant-Satz: »Der Duft, der Frauen provoziert.«

Statt der eigenen Altersgenossen sieht man auf den Anzeigen meist reifere Herren. Zum Beispiel Franz Beckenbauer. Wenn er nicht gerade für irgendeine Handyfirma wirbt, dann ist er mit randloser Brille mit Rentenfondstipps zur Stelle: »Gehen Sie mit Ihrem Geld auf Nummer sicher. Postbank Sparen 3000 plus. Mit Treueprämie.« Gerne wird auch ein älterer Herr mit weißem Haar, Segelschuhen und hellem Cashmere-Pullover abgebildet, daneben eine Dame mit grauem Haar, hellblauer Bluse und Caprihose, beide lachen und zeigen stolz, dass sie auch mit den dritten Zähnen noch kraftvoll zubeißen können. In der Regel wird so für eine Versicherung geworben. Zwei Seiten später tauchen dann dieselben älteren Herrschaften wieder auf, doch nun lesen wir: »Die schönsten Momente kann man nicht planen.« Darunter dann: »Wäre es nicht schön, wenn Sie Ihre Erektionsstörungen vierundzwanzig Stunden lang vergessen könnten?« Und da das offenbar nicht der Fall ist, der freundliche Hinweis: »Sprechen Sie mit Ihrem Arzt.« Wenn das so weitergeht, finden wir in den Zeitschriften wahrscheinlich künftig nur noch Werbung für Seniorenstifte, Corega Tabs, Rentenfonds und Treppenlifte. Und es wird auch nur noch eine Frage der Zeit sein, bis die jungen Art-Direktoren und Texter in den Werbeagenturen abgelöst werden durch weißhaarige Männer und Frauen, die die Sprache der Zielgruppe sprechen.

Kein Wunder, dass gerade unsere Generation die größte Konsumverweigerungswelle seit den Siebzigerjahren losgetreten hat, schließlich haben wir das Gefühl, dass es gar keine Produkte mehr gibt, die für uns interessant sind. Wir hatten noch genug Geld, als wir eine Waschmaschine, ein Auto, eine Digitalkamera brauchten, die meisten sogar noch für den DVD-Player. Doch was sollen wir machen, bis wir uns endlich für Viagra und Treppenlifte interessieren dürfen? Und weil das die Werbewirtschaft offenbar auch nicht weiß, sind wir jetzt einfach mal für zwanzig Jahre abgemeldet und müssen sehen, wie wir klarkommen. Kurzzeitig hatte ich noch Hoffnung, als ich die neuen Werbespots von IKEA sah, wo es am Schluss heißt: »Wohnst du noch oder lebst du schon?« Aber ich verstehe den Spruch nicht ganz. Ich finde nämlich auch wohnen als Tätigkeit ziemlich nett, fast netter und vor allem weniger anstrengend als leben. Das Leben hat seine Tiefen, das Wohnen höchstens einen höhenverstellbaren Sitz. Auch kann man ganz gut allein wohnen, aber nicht so gut allein leben. Meine Antwort auf die Frage von IKEA würde lauten: »Ja, ich lebe schon, würde aber ganz gerne wieder nur noch wohnen.« Leider habe ich beim IKEA-Kundenservice bislang noch niemanden gefunden, bei dem ich diese Antwort hätte loswerden können.

Sehr lustig wäre es, wenn man die Werbesprüche vertauschte. Mir scheint das eine der einzig möglichen Methoden zu sein, den Wirtschaftsstandort Deutschland wieder zu beleben. Unter ein Foto von Franz Beckenbauer, Ottmar Hitzfeld, Stefan Effenberg, Oliver Kahn und ihren jeweiligen Geliebten gehört der Satz: »Mit Treueprämie. Postbank Sparen 3000 plus«. In Viagra-Anzeigen sollte man auf den unschönen »Fragen Sie Ihren Arzt«-Hinweis verzichten und stattdessen den Originaldialog des älteren Ehepaares wiedergeben: »Schatz, warum trägst du im Büro immer schicke Anzüge, aber abends immer diese uralte Strickjacke.« Darauf er: »Geiz ist geil.« Und ich bin mir sicher, es würde den Absatz von Treppenliften in die Höhe schrauben, wenn man den Rollstuhlfahrer daneben mit einer kleinen Sprechblase versehen würde: »Warten, bis es die Kinder abholen? Da verkauf ich es lieber bei eBay.« Zu dem Foto eines verzweifelten jungen Mannes, der über eine Montageanleitung für ein IKEA-Regal gebeugt ist, gehört eigentlich der Spruch: »Die schönsten Momente kann man nicht planen.« Oder, auch sehr passend: »Man lässt ihn jetzt sein Traumprojekt bauen, weil er bisher immer solide gearbeitet hat.«

Ich ging in die Küche, um mir einen Tee zu machen, und dachte mir: Man lässt ihn jetzt sein Lieblingsgetränk brauen, weil er bisher so solide gearbeitet hat. »Geiz ist geil«, schrie es mir da aus der Radiowerbung von Saturn entgegen. Wo soll das nur hinführen, wenn man sogar beim Teekochen angeraunzt wird, mehr zu sparen. Obwohl Geiz eigentlich nur geil ist für schwäbische Bankangestellte mit Stützstrumpf und Quelle-Kostüm in Gelb, die, wenn sie angeschickert sind, zu ihrer besten Freundin sagen: »Du, den Lothar Späth würde ich nicht von der Bettkante stoßen.« Ansonsten macht Geiz vor allem viel Arbeit, weil man stundenlang nach dem Billigsten sucht und dabei nervige Fahrereien durch die halbe Stadt auf sich nehmen muss, bis man zu seiner Freundin sagen kann: »Gut, dass wir verglichen haben.« Und wenn Geiz wirklich so geil wäre, dann müsste Saturn als Allererstes Pleite gehen, denn natürlich braucht eigentlich kein Deutscher zum Überleben momentan einen neuen DVD-Player, eine zweite Digitalkamera oder den dritten Fernseher fürs Schlafzimmer. Offenbar wird in Deutschland jetzt schon am Denken gespart. Leider ist ja der rheinland-pfälzische Innenminister Rudi Geil nicht mehr im Amt. Als ich als Redakteur arbeitete, war er mein Lieblingspolitiker, weil man aus seinen Ankündigungen immer so tolle Überschriften bauen konnte. Während ich bei der *Fuldaer Zeitung* für das Politikressort schrieb, nahm ich jeden zweiten Abend, wenn der zuständige Redakteur schon gegangen war, noch eine Kurzmeldung über meinen rheinland-pfälzischen Freund ins Blatt. Denn dann konnte ich titeln: »Geil: Gewalt nimmt zu«, oder: »Geil: Wir müssen den Gürtel enger schnallen«. Offenbar haben sie bei Saturn diesen letzten Satz irgendwie missverstanden. Geiz heißt in seiner konsequenten Variante ja nicht, wenig Geld auszugeben, sondern kein Geld auszugeben. Das wäre dann die zwar verständlichste, aber auch die blödeste Allianz von Pragmatismus und Pessimismus. Nachdem wir alle relativ ratlos mitansehen mussten, dass ein Pastagericht bei einem Italiener oder eine Rose im Blumenladen einfach mal statt neun Mark nun neun Euro und statt zwei Mark nun zwei Euro kostet, merkten wir an unseren Gehaltsabrechnungen, dass wir leider nicht doppelt so viel verdienten. Am Ende des Geldes ist wie zu Studentenzeiten noch relativ viel Monat übrig. Die Konsequenz: Wer unbedingt etwas in der Vase stehen haben will, schneidet sich beim Sonntagnachmittagsspaziergang am Waldrand ein paar Zweige ab. Man muss dann zwar ewig warten, und das Einzige, was grün wird, ist das Wasser, doch einen Versuch ist es wert. Zweite Möglichkeit: Man kauft sich für wenig Geld eine dieser hellrosa oder hellgelben Dosen, die Jürgen Trittin offenbar aus China importiert hat, um seinen Dosenpfand populär zu machen. Man muss sie wie eine Coladose öffnen und dann Wasser auf Zeug träufeln, das aussieht (und leider auch riecht) wie Katzenstreu, und zwar benutzte. Aus diesen Büchsen soll eigentlich oben etwas Grünes herauswachsen, doch leider läuft nur unten etwas Grünes heraus. In der Zeit, in der man sehnlichst darauf wartet, dass ein Blumensamen keimt, spart man immerhin das Geld für die Rosen. Wochenlange hoffnungsvolle Blicke auf hässliche, stinkende, chinesische Blechdosen – das ist alles, was geblieben ist von Helmut Kohls Verheißung von blühenden Landschaften.

Anstatt zum Italiener zu gehen, kocht man nun lieber zu Hause. Matthias Horx, der dankbarerweise immer mit einer Erklärung zur Stelle ist, nennt das den »Megatrend Homing«. Wenn das Home also schon kein Castle ist, dann ist es wenigstens ein Kitchen. Abends, wenn es dunkel wird, und wir die Einkäufe von Aldi und vom Bio-Feinkostladen in den Kühlschrank gepackt haben, dann können wir uns darauf freuen, endlich in Ruhe eine halbe Stunde Gemüse zu schneiden. Wenn unsere Mütter das wüssten!

Weil um uns herum alles unsicher und unklar wird, konzentrieren wir uns auf das, was gestaltbar erscheint: etwa die Pasta mit Gorgonzolasauce und den Rucolasalat mit Pinienkernen. Wer Angst hat, dass nach dem 11. September und dem Irakkrieg die Welt nicht mehr zur Ruhe kommen und sich der »Megatrend Bombing« durchsetzen wird, und wer Sorge hat, seinen Job zu verlieren, der genießt es, endlich einmal offline zu sein. So wird das heimische Sofa, am besten in warmen Erdtönen, zum Schutzraum vor der Wirklichkeit. Wer Angst hat vor unsichtbaren Bedrohungen, der sehnt sich nach sichtbarer Sicherheit, und die kann dann auch ein Vorhang sein, den man zuzieht, und ein schwerer, großer Holztisch, der sich durch nichts erschüttern lässt, nicht einmal den dritten Umzug in zwei Jahren. Und dass es wirklich losgegangen ist mit dem »Homing«, das sieht man daran, dass die Frauen jetzt wieder anfangen, Rezepte auszutauschen. Sie kochen sie zwar auch weiterhin nicht nach, weil sie wohl Angst haben, dass es nicht so gut schmecken wird wie bei ihrer Freundin, aber das ist egal. Es reicht ja, wenn man nur in Gedanken mit den Händen im Mehl wühlt und an den Gewürzen schnuppert. Kein Wunder, dass *Die fabelhafte Welt der Amélie* zum Film der Stunde wurde. Alle sehnten sich gerade so sehr nach einem Vorbild, das in die Getreidesäcke greift, die Körner einzeln durch die Finger rinnen lässt und sich an den Wolken freut, weil sie so sinnlich sind. Dass das alles furchtbar kitschig und gefühlsduselig war, das haben deshalb viele gnädig übersehen.

Von *Amélie* war es nicht mehr weit zu Wellness. Zu Verwöhnwochenenden. Ayurveda-Therapie. Spa mit Dampfbad. Hammam. Kräutersauna. Das Kuriose ist ja, dass zwar Aldi und Billigflieger, H&M, Zara und die Secondhand-Läden boomen und man das alte Auto noch mal drei Jahre weiterfährt. Zugleich aber sehnen sich alle auch nach italienischen Designermöbeln, Bioläden und Fünf-Sterne-Wellness-Hotels. Wenn wir uns schon schlecht fühlen, wollen wir es uns wenigstens zwischendurch gut gehen lassen. Das Schöne an dem ganzen Wellness-Kram ist vor allem, dass eigentlich keiner weiß, was es genau ist. Klar ist eigentlich nur, dass es etwas mit Wasser zu tun hat, mit Handtüchern und mit frischen, roten Äpfeln in Weidenkörben. Der Rest bleibt unklar. Aber es reicht, wenn wir in einem Hotelprospekt lesen, dass es im Keller eine »Saunalandschaft« gibt, um sofort ein Zimmer für das »Verwöhnwochenende« zu reservieren. So, als könne man an einem einzigen Wochenende wirklich zwanzig verschiedene Arten von heißer Luft austesten. Aber das ist nicht so wichtig. Bei Frauen ruft nach meinen persönlichen Recherchen bereits schon allein die Aussicht auf die baldige Reise in eine

»Wellness-Oase« das zufriedene Gefühl hervor, dass man etwas für sich getan hat. Und wenn sie lesen: »Wohlige Entspannung auf der ganzen Linie: Im Wellnessbereich Body & Soul erwarten Sie harmonisch gestaltete Oasen der Ruhe«, dann können sie es kaum erwarten. Ich glaube, es liegt auch sehr an dem weißen Bademantel, den man immer in den so genannten Wellnesshotels im Badezimmer findet. In so einem Bademantel kann man dann auch darüber hinwegsehen, dass die Buddha-Statue vor dem türkischen Hammam und dem römischen Lapidarium kulturgeschichtlich nicht ganz ideal platziert ist. Und dass das eigene Haar immer noch Spliss hat, obwohl man es seit vier Wochen extra jeden Morgen mit dem »Wellness-Shampoo« von Nivea wäscht und anschließend mit »Wellness-Jogurt« und »Wellness-Tee« frühstückt. Alles egal. Man lässt sich sogar eine original Thai-Massage mit Wohlfühlgarantie verabreichen, obwohl einem der Masseur nach zehn Minuten gesteht, dass er bis vor vier Wochen noch als Seemann gearbeitet habe. Auch dass der so genannte Pool in der Wellnesslandschaft die Größe eines Waldtümpels hat und statt der strahlenden Models im Bikini aus dem Prospekt auf den Liegen nur Reha-Patienten mit Gehhilfen lagern, kann man aushalten, solange man nur einen weißen, flauschigen Hotelbademantel mit aufgenähtem blauem Hotelwappen anhat, das einzige Kleidungsstück, das einen besoffen macht. Kein Wunder, dass sie oft geklaut werden.

Um dem Tag doch noch ein gutes Ende zu geben, strich ich »Bank« auf meiner »To Do«-Liste, machte das Licht am Schreibtisch aus, las das letzte vergessene Tulpenblatt auf und ging dann ins Bad. Ich zog mir den weißen Hotelbademantel über, den ich im Ahlbecker Hof einmal irrtümlich in meinen Koffer eingepackt hatte, und merkte sofort, wie die Wellness in mir hochstieg. Ich fühlte mich fast so geborgen wie einst, wenn nach dem Baden und Eincremen alles nach Nivea roch und ich noch eine halbe Stunde aufbleiben durfte. Und ich fragte mich, als ich den weißen Stoffgürtel festzurrte, ob wir wirklich schon so alt waren, dass Glücksgefühle immer zugleich Kindheitserinnerungen sein müssen.

NICHTS IST MEHR, WIE ES EINMAL WAR.

Berta Griese mit Rudolf Scharping im Pool. Happy Ignorance. 9.11. und 11.9.: Nix gewesen, außer Spesen. Scham. Was will Gerhard Schröder? Und was wollen wir?

Am Sonntagnachmittag, so kurz nach sechs, wenn es zu spät ist für noch eine Tasse Rotbuschtee und zu früh für Nudeln mit Pesto, überkommt mich immer der Wunsch, endlich meine alten Fotos einzukleben. Kurz bevor die Woche losgeht, will ich wenigstens eine der vielen Sachen erledigen, die ich mir seit Ewigkeiten vorgenommen habe. Die einzige Alternative wäre, den Fernseher anzuschalten. Aber davor möchte ich dringend warnen, um diese Zeit kommt nämlich seit mehr als einem Jahrzehnt die *Lindenstraße,* und ich habe noch immer nicht meinen Schock von Sonntag vor vier Wochen überwunden. Ich zappte aufs Erste und konnte nicht fassen, dass ich der Handlung problemlos folgen konnte, alles war wie zehn Jahre zuvor, die Schauspieler, die Stimmung, das Gejammere, Doktor Dressler im Rollstuhl und Mutter Beimer beim Spiegeleierbraten. 11. September? Börsencrash? Irakkrieg? Wer die *Lindenstraße* schaut, muss glauben, dass alles so ist, wie es immer war. Und nichts hat mich mehr deprimiert als jener kurze Moment, in dem der ehemalige Spion und immer noch stotternde Herr Rehlein mit seiner Frau und Immer-noch-Klavierlehrerin Berta Griese über das Leben sprach – beide waren dieselben geblieben und doch in den vergangenen Jahren sichtbar gealtert. Auch ich, so begann ich da zu ahnen, war in dieser Zeit wahrscheinlich zehn Jahre älter geworden, und wenn mich Berta vor dem Fernseher sitzend sehen würde, würde sie wahrscheinlich genauso über mich denken wie ich über sie. Die Vorstellung aber, dass die Klavierlehrerin mit ihren großen wässrigen Augen erst neugierig in mein Wohnzimmer blickt und dann sogar aus dem Fernseher herauskriecht, um mich zu fragen, ob ich denn diese Woche auch genug Klavier geübt habe, fand ich so beängstigend, dass ich den Apparat sofort hektisch abstellte und sogar den Stecker zog, um sicherzugehen, dass die Griese wirklich dringeblieben war.

Seit diesem leicht verstörenden Erlebnis habe ich mir vorgenommen, am späten Sonntagnachmittag Vernünftigeres zu tun. Also zum Beispiel endlich meine alten Fotos einzukleben. Während ich den Stapel durchschaue, den ich in einem Schuhkarton aufbewahre, merke ich, dass ich aus den vergangenen drei, vier Jahren kaum Fotos habe. Daran sind die blöden Digitalkameras schuld. So schön es ja auch ist, dass man sich die Bilder sofort anschauen kann, und so erfreulich, dass damit für manche Mädchen endlich eine Abendunterhaltung gefunden wurde, weil sie sich immer und immer wieder in Positur setzen, dann gegenseitig knipsen und anschließend das Bild kichernd gemeinsam angucken können – doch eigentlich sind diese Kameras ein Fluch. Denn deswegen hat man von den vergangenen Jahren überhaupt keine Papierabzüge mehr, sondern nur diese ömmeligen, unscharfen Ausdrucke mit den schlechten Farben für teuer Geld. Viele lustige Fotos bekommt man von Freunden inzwischen per E-Mail geschickt – das ist zwar toll, aber irgendwann löscht man sie dann doch. Die einzigen richtigen Fotos, die ich nach längerem Kramen finde, sind die der jungen Paare beim Schwimmen oder Schlittschuhlaufen auf der Hochzeitsanzeige. Und natürlich Urlaubsfotos. Denn in den Urlaub nehme ich, so wie die meisten, noch die alte Minikamera mit, aus Angst, dass die Digitalkamera gestohlen wird, oder weil das Batterienaufladen immer so lästig ist.

Zum Glück bin ich auf meinen Urlaubsfotos immer mindestens zu zweit drauf. Bei meinen älteren Geschwistern habe ich oft genug miterleben müssen, dass sie, wenn sie sich gerade mal wieder von ihrer großen Liebe getrennt hatten, allein verreisten. Meine Schwester, die Psychotherapeutin, zog es dann nach Amrum, um »den Kopf freizubekommen«. Wenn sie zurückkam, war der Kopf zwar noch nicht frei, aber dafür, wegen des Nordseewetters, wenigstens die Nase. Mein Bruder, der Arzt mit Motorrad, floh in solchen Fällen nach Gran Canaria. Einmal war er so unglücklich verliebt, dass er die ganze Insel mitriss und so dort den kältesten Juni seit Beginn der Temperaturaufzeichnung mitverschuldete. Ich kenne Bilder, aufgenommen mit dem Selbstauslöser, auf denen meine Schwester in windzerzauster Regenjacke und mein Bruder im dicken Wollpulli vor grauem Himmel tapfer vor sich hingucken – und ich habe mir deshalb geschworen, nie allein wegzufahren, komme und verlasse mich, was wolle. Denn das halten nur die härtesten Seelen aus, das sind diese Mir-geht-es-so-supergut-allein-Reisenden, meist blonde Frauen um die fünfzig, die einen an Brücken und vor Baudenkmälern manchmal bitten, sie mit ihrer Kamera zu fotografieren. Ich frage mich dann, wenn ich im Sucher sehe, wie sie ihr Lächeln anklicken, ob sie das Bild, zurück zu

Hause, nur ihrer Mama zeigen, damit sie weiß, wie supergut es ihrer Tochter geht. Oder ob sie es selbst auch nur noch einmal angucken, nämlich dann, wenn sie das Foto einkleben und darunter mit Kuli schreiben: »Fröhliche Urlaubstage auf Rügen.« Nur weil ich mich vor all dem selbst bewahren will, bin ich, wenn es mir schlecht ging, zu Hause geblieben.

Während ich meine Urlaubsbilder durchsehe, fällt mir auf, dass das Wetter besser geworden ist. Vielleicht liegt es aber auch daran, dass ich mich, nachdem ich in meiner Kindheit dazu verdammt war, Sommer für Sommer das verregnete Nordeuropa zu erkunden, in den vergangenen Jahren in Richtung Süden orientiert habe. Meine fotografisch dokumentierte Reisebiographie gliedert sich somit in zwei klare Etappen: Die erste besteht aus unzähligen Schwarzweißaufnahmen von mir im Bollerwagen auf Baltrum, ich stehe meist samt meinen Geschwistern missmutig neben dem Schaukasten am Dünenweg, in dem die Termine für die nächste vogelkundliche Wanderung, den Lichtbildvortrag »Historisches Baltrum« und das »Delial bräunt ideal«-Schild hängen, und der Schiefertafel, auf die jemand mit Kreide die deprimierende Luft- und Wassertemperatur geschrieben hat. Der Himmel im Hintergrund ist grau, und ich weiß, das liegt nicht nur daran, dass es Schwarzweißfotos sind. Die Bilder, die zur zweiten Etappe gehören, zeigen mich vor südlichen Landschaften, meist in hellbraunen Bermudashorts und mit einer Plastikwasserflasche in der Hand. Der Himmel im Hintergrund ist blau.

Da fallen mir die Bilder aus dem letzten Mallorca-Urlaub in die Hände. Jahrelang versuchte ich mich vergeblich an einer Kombination der beiden Reisefotoperioden, damit auch im Album endlich klar wird, dass es sich um dasselbe Leben handelt. Erst auf Mallorca war mir das gelungen. Vor unserer Abfahrt, es war Hochsommer, warnte mich Trevira Buddensieck, die Astrologin mit der tiefen Stimme, am Telefon: »Sie müssen das Wasser meiden, Neptun steht bei Ihnen im siebten Haus.« Ich verstand nicht genau, was das bedeuten sollte, versicherte ihr aber, ich würde ohnehin wahnsinnig ungern tauchen, und die Finca liege im Inselinneren. Doch nach einer Woche baltrumhaften Dauerregens begann ich zu ahnen, dass man den Sternen offenbar auch nicht mit einem Charterflug entkommen kann. Nun gut. Wir hatten also erlebt, wie Mallorca aussieht, wenn braunes Brackwasser übers Kopfsteinpflaster jagt (ganz interessant), wie Palmen vor dunkelgrauem Himmel wirken (deprimierend) und dass »Nichts ist mehr, wie es einmal war« inzwischen offenbar auch für die Anzahl der durchschnittlichen Sonnentage im Juli auf Mallorca galt (na super).

Wir hatten einen etwas anstrengenden Abend im Speisesaal der Hotelfinca hinter uns. Zwei Paare hatten sich zu uns gesetzt, das eine Paar besaß ein Fliesenfachgeschäft in Freising, die beiden anderen waren Werbekaufleute. Es gab im Grunde recht wenige Gemeinsamkeiten, außer dass alle gerade auf Mallorca in einem Hotel verregnete Sommertage verbrachten. Und dass alle mit Aktien Geld verloren hatten. Darüber ist schnell alles gesagt, leider schon vor dem Hauptgang. Als wir sofort nach dem Dessert auf unser Zimmer flüchteten, erwartete uns dort: eine Mücke. Doch entweder tat der Wein das seine, oder die Mücke machte zunächst Aufklärungsflüge über dem Gebiet anderer Nato-Partner – auf jeden Fall schliefen wir ein. Irgendwann in der Nacht aber wachten wir auf, die Mücke surrte über unseren Köpfen waghalsige Manöver mit deutlich aggressivem Unterton. Irgendwann knipsten wir entnervt das Licht an und machten uns in dem weiß gekalkten Zimmer auf Mückenjagd. Ich sah das fiese Stück direkt über dem Fenster an der Wand sitzen, kletterte auf den Stuhl, dann auf die Fensterbank, und gerade in jenem Moment, als ich losschlagen wollte, stützte ich mich mit dem Fuß ein bisschen, ich verspreche, nur ein kleines bisschen, auf dem riesigen Heizkörper unter dem Fenster ab. Na ja. Dann brach er leider samt Verankerung aus der

Wand, und drei Zentimeter über dem Boden schoss warmes, brackiges Wasser in unser so hübsches »Chambre beige«. Da ich eigentlich noch im Halbschlaf war, dauerte es einige Schrecksekunden, bevor ich meinen dicken Daumen auf die Leitung presste. Der Daumen sah dann noch ein paar Tage lang so aus, als hätte ich eine verunglückte Mumpsimpfung bekommen. Und das Zimmer sah leider auch nach ein paar Tagen noch nicht wieder aus wie ein Raum, der den Namen »Chambre beige« zu Recht tragen darf. Wir schlichen am nächsten Morgen wie reuige Katzen um den Hotelchef herum, der mit einem Handwerker gestikulierte. Doch dann geschah das Unvermutete: Wir wurden bedauert. In einer ungewöhnlichen Mischung aus Deutsch und Spanisch erklärten uns die beiden, dass der letzte Handwerker hier Stümperarbeit hinterlassen habe. Beruhigt stellten wir fest, dass in punkto Handwerkerbeschimpfung des Vorgängers offenbar bereits eine einheitliche EU-Norm in Kraft ist. Old Europe at its best.

Ich nehme also das Foto des verdreckten »Chambre beige« mit durchs Fenster schimmerndem, grauem Regenhimmel, klebe es in das Album und schreibe dazu: »Fröhliche Urlaubstage auf Mallorca.«

Wir trauten dem Wasser also inzwischen so einiges zu. Doch dass es zwei Monate später Gerhard Schröder dazu verhelfen sollte, erneut Bundeskanzler zu werden, nur weil er in Gummistiefeln und fescher, grüner Regenjacke durch Orte in Sachsen lief, von denen wir bislang gar nicht wussten, dass ihre Stimmen bei einer Bundestagswahl überhaupt mitgezählt werden – das ahnten wir nicht. Aber wahrscheinlich war Schröder, als alles nichts mehr half, zu Frau Buddensieck gegangen, und die hatte ihm gesagt: »Herr Schröder, Ihr Aszendent hat deutlich Oberwasser, und Neptun fischt vorm zweiten Haus – Sie sollten schnellstens dorthin gehen, wo das Wasser ist.« Ein Wunder eigentlich, dass er nicht erst noch nach Mallorca kam, bevor er nach Vetschau, Pirna und Grimma fuhr. Doch vielleicht wollte Schröder nicht in der Nähe jenes Wassers gesehen werden, das ihm ein Jahr zuvor gefährlich geworden war. Jener blaue Pool auf Mallorca nämlich, in dem der damalige Bundesverteidigungsminister Rudolf Scharping mit angeklatschtem Haar mehrere Wochen lang seine Freundin Gräfin Pilati in die Luft werfen musste, bis der *Bunte*-Fotograf endlich zufrieden war. Als das Fotoshooting begann, musste ihn ein Bundeswehrflugzeug immer nachmittags vom Kosovo zurück zum Pool fliegen, weil dann angeblich die Sonne besonders gut stand. Doch trotz bester Belichtung war Scharping verspannt, denn eigentlich wollte er im Pool ein paar von den sauteuren Sachen des Frankfurter Herrenausstatters tragen, die er kurz vorher zusammen mit Michelle Hunziker gekauft hatte. Es dauerte eine halbe Ewigkeit, bis er einsah, dass die Poolfotos erst mit Badebekleidung wirklich authentisch wirken und er den neuen Anzug, wenn er ihn unbedingt der ganzen Republik zeigen müsse, bei *Boulevard Bio* vorführen solle.

Das machte Scharping dann auch. Angeblich konnte er aber nur durch eindringliches Zureden davon abgehalten werden, Gräfin Pilati live in der Sendung noch einmal kurz in die Luft zu werfen. Ihn soll erst Alfred Bioleks Hinweis überzeugt haben, dass man das eigentlich nur mit Pfannkuchen mache. Die ganze Hochwerfgeschichte nahm auf jeden Fall alle sehr mit, bis in die höchsten Regierungskreise hinein. Am Ende verwechselte sogar Doris Schröder-Köpf Scharping mit ihrem Mann und gab ein Buch unter dem irreführenden Titel *Der Kanzler wohnt im Swimmingpool* heraus.

Rudolf Scharping, planschend im Pool, mit beschlagener Brille selig grinsend – an dieses Foto kann man sich schon fast nicht mehr erinnern. Und doch ist es eines der großen Badefotos des zwanzigsten Jahrhunderts: Thomas Mann mit Badekostüm in Nidden, Friedrich Ebert am Wannsee und Marilyn Monroe ohne Badekostüm am Strand von Malibu. Während man auf diesen Bildern nur Urlaubsglück zu sehen glaubt, spürt man bei Scharping eine gewisse Genervtheit. Es ist die Genervtheit des 68ers, der sich fragt, warum er eigentlich sein ganzes Leben lang wie der Rest der Toskanafraktion seinen Urlaub in plüschigen Hotels in Italien verbracht hat, mit Bädern von 1968, obwohl die Hotels auf Mallorca viel schöner sind und das Wetter besser. Nachdem die Älteren immer nur den Kopf schüttelten, wenn wir zum Tauchen nach Israel flogen, obwohl dort gerade im Gaza-Streifen gekämpft wurde, und zum Baden trotz Kurdenverfolgung in die Türkei, steigen sie bei Mallorca jetzt voll mit ein. Sie wollen sich nicht noch einmal mit politischen Bedenken um eine schöne Bräune bringen. Das einzige Bedenken gegen Mallorca war, dass das Urlaubsziel zu gewöhnlich ist, kulturlos und prollig. Doch um alle Zweifel im Ansatz schon zu ersticken, nahm Scharping deshalb seine Gräfin mit.

Es war eine schöne Zeit, damals, als noch die lustige Fortsetzungsgeschichte »Scharping live« am Ende der *Tagesschau* lief und ich vor allem deswegen die Nachrichten einschaltete. Neben den Poolszenen waren meine liebsten Folgen: Als Scharpings Wagen in Washington vor dem Pentagon von der automatisch hochfahrenden Schutzwand aufgespießt wurde und er sich danach verschreckt neben das Auto legte und versuchte, mit dem Handy die Polizei anzurufen. Und natürlich jene Folge, als die Flugbereitschaft der Bundeswehr auf halbem Flug von Berlin nach Paris merkte, dass sie Scharping am Flughafen in Berlin vergessen hatte. Das war alles große deutsche Fernsehunterhaltung. Und weil wir uns darüber amüsierten, dachten wir fast schon, wir würden uns für Politik interessieren. Doch dann haben uns grimmige Feuilletonisten darüber aufgeklärt, dass dies alles nur Exzesse der Spaßgesellschaft seien.

Fingerspitzengefühl bewies Kanzler Schröder bei der Wahl des Nachfolgers. Nach einem aufwändigen bundesweiten Casting bei allen SPD-Ortsvereinen fand er in Peter Struck tatsächlich jemanden, der in der Lage ist, einen vollständigen deutschen Hauptsatz noch langsamer auszusprechen als Rudolf Scharping. Mit Struck ist Verteidigungspolitik in Deutschland endgültig zu einer Form der Massenhypnose geworden: Man hat den Eindruck, als wolle die Regierung versuchen, mit dem monotonen Brummton an der Spitze des Bundesverteidigungsministeriums den Lärm zu übertönen, den die Luftwaffe macht, die zum Unwillen der rot-grünen Basis tatsächlich nach Jugoslawien, Afghanistan und ans Horn von Afrika geflogen ist.

Ich schaue mir noch einmal alte Fotos aus den Achtzigerjahren an. Auf einem Foto posiere ich mit vierzehn anderen Gewinnern des Weihnachts-Preisausschreibens des Schlitzer Möbelhauses Fend & Faust neben dem Moderator Wim Thoelke und einem zusammenklappbaren Regiestuhl, den ich gewonnen hatte. Damals gab es Wim Thoelke im Fernsehen und in Möbelhäusern. Und Helmut Kohl im Kanzleramt. Unterhaltung war Unterhaltung, und Politik war Politik. Dann kam Gerhard Schröder.

Meinen ersten Fernsehabend mit Schröder verbrachte ich am 20. Februar 1999. Leider habe ich kein Foto davon, aber ich kann mich noch gut erinnern. Er saß bei Thomas Gottschalk in *Wetten, dass…?* auf der Couch, zusammen mit Peter Kraus, Veronica Ferres und Helmut Dietl, tiefe Neunzigerjahre also. Einmal lachte Schröder ganz gekünstelt auf und schlug sich mit der Hand auf den Schenkel, obwohl niemand einen Witz gemacht hatte. Das war sehr komisch. Komischer aber fand ich, dass der Kanzler in einer Samstagabendshow auftritt und: dass er da so gut hinpasst. Nur in dieser Sekunde wünschte ich mir, Hans-Jochen Vogel wäre Bundeskanzler geworden, ich hätte es schön gefunden, wenn er einmal neben Veronica Ferres hätte sitzen dürfen. Weil das nicht gegangen wäre. Gerhard Schröder neben Veronica Ferres hingegen ging, man muss es so sagen, sehr gut. Da knirschte nichts. Das passte.

Professionell ist inzwischen offenbar nur, wer zwischen Show und Politik behände wechseln kann und damit zeigt, dass er sich jederzeit seiner Rolle bewusst ist, ob im Kanzleramt, bei Thomas Gottschalk oder im Modemagazin. Vor der Sendung hatte Gottschalk artig zu Protokoll gegeben, er wolle in diesem Gespräch mit Schröder »aktuelle innen- und außenpolitische Fragen berücksichtigen«. Das sah dann so aus: »Man hat den Eindruck, Herr Schröder, es läuft noch nicht so richtig?« Darauf unser Kanzler: »Wir kriegen schon was auf die Reihe, ham wir ja auch gekriegt.«

Erst mit Schröder ist die deutsche Politik wirklich gottschalkkompatibel geworden. Und so klärte sich an diesem Abend auch endlich die Verwirrung um die Anzeigenkampagne, in der Gottschalk (gemeinsam mit Boris Becker und Marius Müller-Westernhagen) für das neue Staatsbürgerschaftsgesetz eintrat. Bisher hatte man naiv geglaubt, der Anzeigentext sei wörtlich zu verstehen: »Wer nach den Gesetzen unseres Landes lebt, soll das Recht haben, Bürger unseres Landes zu sein.« Seit diesem Samstag, dem 20. Februar 1999, wussten wir, dass das etwas ungenau formuliert war. Eigentlich wollte Gottschalk sagen: »Wer nach den Gesetzen des Showbusiness Politik macht, soll das Recht haben, Gast unserer Show zu sein.«

Auch ansonsten drängte es Schröder an diesem Samstag zur Präzisierung. So schien er sich, überraschenderweise, als erster Fahrer seines Staates zu sehen. Da er seine Wette verloren hatte, bot er an, seinen ältesten Untertanen im Saal mit der Staatskarosse nach Hause zu fahren. Und so stieg dann nach Sendungsende eine strahlende Omi in den dicken, schwarzen Audi. Hatte Schröder früher noch geglaubt, er könne die Leute da abholen, wo sie stehen, so hatte er auf einmal eine andere Vorstellung von seiner Richtlinienkompetenz: Er bringt die Leute nun schleunigst wieder dahin, wo sie hergekommen sind.

So ging es los. Und so ist es dann auch weitergegangen. Und da wundert sich noch jemand, warum wir uns nicht mehr so richtig für Politik interessieren. Obwohl – eigentlich denkt man an damals inzwischen fast sehnsüchtig zurück: Schröder war doch noch tatsächlich in den Wagen gestiegen. Er hatte nicht nur etwas angekündigt, sondern auch umgesetzt. Heute hätte er erst einmal eine Kommission einberufen, die dann bis zur Sommerpause einen Vorschlag zur Seniorenbeförderung nach

Samstagabendshows vorgelegt hätte. Dann wäre der Vorschlag in den Vermittlungsausschuss verwiesen worden. Zen und die Kunst, auf einen Reformvorschlag zu warten. Und irgendwann hätten alle nur noch herzhaft gelacht, wenn der SPD-Generalsekretär Olaf Scholz am Montag vor der Presse verkündet hätte, die Regierung bleibe auf Reformkurs und setze die Vorschläge zur Seniorenbeförderung selbstverständlich 1 zu 1 um.

Wenn wir wenigstens gelacht hätten, das wäre immerhin mal eine Reaktion gewesen. Doch bislang haben wir uns höchstens zum Achselzucken hinreißen lassen. Shoppen am Samstag und brunchen am Sonntagmorgen haben uns lethargisch gemacht. Und denken wir an einem Sonntagabend tatsächlich einmal über unser Verhalten nach, dann schieben wir die Schuld für unser Desinteresse an Staat und Gesellschaft den Politikern in die Schuhe. Das ist natürlich furchtbar bequem. Schließlich wurden die 68er ja auch nicht freundlich von Adenauer und Kiesinger gebeten, sich doch mal ein bisschen politisch zu engagieren.

Ich war sehr erleichtert, als wenigstens Nils, der immer sagt, er sei Franzose, obwohl er aus Saarbrücken kommt, heftig den Kopf schüttelte, als ich ihm erzählte, dass in meinem Heimatwahlkreis

Fulda-Stadt die CDU bei der letzten Hessenwahl ihr Ergebnis um zehn Prozent auf 78,2 Prozent steigern konnte. Er guckte richtig bestürzt, so wie früher unsere Gemeinschaftskundelehrerin. Er war der erste Gleichaltrige, den ich traf, den eine innenpolitische Nachricht noch bestürzen konnte.

In punkto Außenpolitik ist ja ohnehin Hopfen und Malz verloren. Das einzige außenpolitische Geschehnis, das uns wirklich erreichte, war der Auslandseinsatz von Rudolf Scharping auf Mallorca. Doch dann rasten, eine Woche nachdem Scharpings Poolfotos in der *Bunten* erschienen waren, zwei Flugzeuge in das World Trade Center. Wie in einem quälenden Albtraum sah man wochenlang immer wieder diese Bilder, sah die Türme in sich zusammensacken. Wahrscheinlich weil wir die Erfahrung gemacht hatten, dass es in der Politik nicht mehr um Inhalte, sondern nur noch um Symbole geht, realisierten wir für unsere Verhältnisse relativ schnell, dass der 11. September 2001 eine Zäsur bedeutete. Das Ende von etwas (der gottschalkkompatiblen Politik vielleicht), den Anfang von etwas (von was, wollten wir lieber nicht so genau wissen). Es hieß sofort und überall: »Nichts ist mehr, wie es einmal war.« Eine Floskel, die eigentlich nur von Schröders Lieblingsphrase »uneingeschränkte Solidarität« übertroffen wurde, die ungefähr ein Jahr später, rechtzeitig zum Bundestagswahlkampf, von der »uneingeschränkten Animosität« abgelöst wurde. Und nichts ist mehr, wie es einmal war – das war eine inhaltsleere Floskel, denn das galt, bei Lichte besehen, eigentlich auch schon, als ich mit sechs Jahren einmal die Sandburg meiner älteren Geschwister zerstörte und auch als ich Philipp und Nils meine Bonner Wohnung für zwei Wochen überlassen hatte und dann überraschend einen Tag früher aus dem Urlaub zurückkam.

Ich sitze auf dem Sofa und sehe mir meine Fotos aus den vergangenen Jahren an. Es gibt auch ein paar, die oben auf dem World Trade Center entstanden sind, bei strahlendem Sonnenschein, mit Blick auf ein unschuldiges, unverletztes, selbstbewusstes New York. Was für ein schreckliches Gefühl, dass es das Gebäude, auf dessen Dach wir einmal standen, nicht mehr gibt. Noch schrecklicher der Gedanke, dass in dem Moment, als die zwei Flugzeuge in die Zwillingstürme rasten, auch wieder junge Paare oben auf dem Dach standen und in der Morgensonne Fotos machten.

Wir mussten uns eingestehen, dass uns dieser Anschlag so traf, weil es ein Anschlag auf New York war, auf die Stadt, auf die wir all unsere Träume von Selbstverwirklichung projizieren. Der Besuch New

Yorks ist für uns fast zu etwas Selbstverständlichem geworden, so wie für die Älteren die Fahrt mit der Ente nach Paris. Es war also auch ein Angriff auf uns selbst. Wären die zwei Flugzeuge mit islamistischen Attentätern in ein Hochhaus in Peking gerast oder in eines in Buenos Aires oder Delhi – dann hätten wir nicht gesagt: »Nichts ist mehr, wie es einmal war.« Sondern vielleicht wieder nur: »Hast du schon gehört?« Doch so sickerte am 11. September die Welt hinein in unser Weltbild.

Ich erinnere mich noch daran, wie oft ich die *Tagesschau* schon abgeschaltet hatte, wenn am Ende, kurz vor dem Wetter, von Unruhen in Gaza-Stadt oder Hebron berichtet wurde, wenn zum tausendsten Mal die Karte von Israel und den palästinensischen Gebieten eingeblendet wurde und man danach Krankenwagen in einer staubigen Straße sah, und Blut, Tote, Panzer. Ich glaubte, ich könne das von mir fern halten. Weil es mit mir, mit uns nichts zu tun habe, weil ich davon ausging, die Wurzeln dieses Konflikts seien im Grunde für uns nicht zu verstehen – und weil ich meinte, sie nicht verstehen zu müssen. So einfach machten wir es uns mit internationaler Politik. Zwar hatten auch wir von Osama Bin Laden gehört, doch haften blieb nur, dass er angeblich zwischen fünfundvierzig und dreiundfünfzig Geschwister hat. Außerdem konnte man mit seinem

Nachnamen so gute Witze machen, worunter vor allem der arme Rudolf bin Baden Scharping leiden musste. Ich hatte auch schon überlegt, Samuel Huntingtons Buch vom *Kampf der Kulturen* Onkel Burk zu Weihnachten zu schenken, weil er historisch interessiert ist. Mit unserer Wirklichkeit aber schien das alles nicht viel zu tun zu haben.

Doch dann kam der 11. September. Und damit das Ende jenes Zustandes, der in Aldous Huxleys Roman *Schöne neue Welt* »Happy Ignorance« heißt: das Glück, unbeteiligt zu sein. Und wir glaubten uns ja sogar noch auf einer höheren Ebene: Weil wir unsere Selbsttäuschung nicht nur durchschauten, sondern sogar bejahten. Aber wir hatten nicht damit gerechnet, dass die Wirklichkeit wirklicher sein konnte als »wie im Film«. In den Tagen nach dem 11. September schämte ich mich sehr für meine verdammt aufgeklärte Ignoranz, und mein älterer Bruder, der Philosoph, sagte: völlig zu Recht.

Doch leider war es wie mit den guten Vorsätzen zum neuen Jahr. Nie wieder, so hatten wir uns geschworen, wollten wir uns so naiv aus der Politik heraushalten, wir wollten endlich alles wissen über den Islam, über Palästina und über die Nachbarstaaten Afghanistans. Und viele von denen, die kurz nach den Anschlägen mit dem Zug fuhren anstatt zu fliegen, verwechselten ihre Verunsicherung tatsächlich mit erwachtem politischem Bewusstsein. Doch schon ein halbes Jahr später, als fast schon Frieden herrschte in Afghanistan, beschäftigten wir uns wieder mit großer Energie mit der Autobiographie von Dieter Bohlen, dem Ehebruch von Oliver Kahn und freuten uns, dass Flüge nach New York plötzlich so billig waren.

Als Reaktion auf den 11. September zogen wir uns nicht weniger auf uns selbst zurück, sondern mehr – auf uns, unsere Familie, unsere Freunde, unsere kleinen Sicherheiten. Die Angst blieb trotzdem da, und sie fand ihr Ventil in Gerüchten, vor allem in jenem, hundertfach weitererzählten: Der Freund einer Freundin habe das Portemonnaie eines Arabers gefunden, und der habe ihm zum Dank gesagt, er solle an dem und dem Tag nicht in jenes Kaufhaus gehen. Und als ein Flugzeug über Frankfurt kreiste, verschickten viele eine SMS an Freunde, um sie zum Fernseher zu jagen. Nicht weil wirklich Gefahr bestand, sondern weil die Bilder im Kopf zu laut wurden. Gegen die Angst versuchten wir uns wieder mit jener Sportart zu wappnen, die ja vielleicht 2012 in Leipzig endlich als olympische Disziplin zugelassen wird: dem Verdrängen.

Das vielleicht Traurigste am 11. September ist, dass ein Jahr später eigentlich alles wieder war, wie es einmal war. Oder dass wir das eben wirklich fast geglaubt hätten.

Doch dann machte sich Donald Rumsfeld lustig über »Old Europe«, und sieben Wochen später standen die amerikanischen Panzer in Bagdad. Der Irakkrieg zeigt nun auch uns Europäern, dass mit dem 11. September ein neues Zeitalter begonnen hat. Das Makabre ist, dass dieser Feldzug den 11. September noch tiefer in unser aller Bewusstsein einbrennen wird. Und damit aber auch der Konflikt, den die junge Schriftstellerin Juli Zeh in der *Zeit* beschrieb: »Wir wollen nicht von Terroristen in die Luft gesprengt werden. Wir wollen nichts von unserem Wohlstand abgeben. Und wir wollen unser friedliebendes Selbstbild nicht infrage stellen.«

Doch auch die größten Pazifisten haben erkennen müssen, dass es sich bei dem Angriff auf das World Trade Center nicht um eine arabische Einladung zum interkulturellen Dialog gehandelt hatte, sondern um ein Attentat. Und dass der gesamte Westen damit gemeint war. Und seither wird uns von Tag zu Tag bewusster – neben aller Wut auf die raubeinigen Amerikaner, die sich nicht scheren um den Rest der Welt und einfach einen Krieg gegen den Irak angezettelt haben –, dass auch unser eigenes Selbstbild ans Ende gekommen ist. Wir konnten damit leben, dass es zwei gleich große Blöcke gibt, die sich gegenseitig in Schach halten. Doch wir können nicht damit leben, wenn es den Kampf des Kleinen gegen den Großen gibt – und wir plötzlich Teil des Großen sind. Denn in unzähligen Hollywoodfilmen haben wir gelernt, dass in den westlichen Heilsvorstellungen die Schwachen im Recht sind, die Einzelkämpfer. Wir müssen plötzlich das sein, was wir uns immer mit so viel Energie abtrainiert haben: selbstbewusst groß sein.

So hat der 11. September für unsere Generation bislang nur zu Verwirrung geführt, er hat uns nicht zum Neuanfang bewogen, er stiftet keine neue Identität. Nach dem 9. November ist das die zweite verpasste Chance. Doch ich befürchte, eine dritte bekommen wir nicht.

Erst im Rückblick stellen wir fest, dass eigentlich der 9. November eine solche Zäsur hätte sein müssen. War er aber nicht. Das Einzige, was die Jüngeren in West wie Ost verband, war die große Skepsis gegenüber allen Formen von ideologischen Erzählungen. Aber das war es dann auch schon. Politisiert hat uns der Mauerfall nicht. Dass uns das nun ausgerechnet die 68er vorwerfen, ist natürlich perfide. Denn wir, die wir dank Interrail, höheren Taschengelds und gesellschaftlicher Freiheit mit achtzehn die Wahl hatten, auf Mallorca oder in Griechenland Urlaub zu machen, und mit zwanzig, ob wir lieber in Genf, London oder Amerika studieren wollten, wir waren von unseren Eltern und Lehrern so sehr auf ein Leben jenseits der Nationalstaaten vorbereitet worden, dass es uns einfach nicht gelingen wollte, Heimatgefühl und Patriotismus zu einem Schlüsselerlebnis werden zu lassen. Wir wussten nicht, wie man damit umgeht, wir wussten nur, wohin es führen kann. Das immerhin wussten wir sehr genau. Dass ein ganzes Land sich im November 1989 nicht dem Freudentaumel hingab, sondern tatsächlich sofort darüber diskutierte, dass ein geeintes, starkes Deutschland ja leider schon einmal zur Katastrophe geführt habe, zeigte, dass wir in Sachen Nationalgefühl tatsächlich einen Knacks weghaben.

So versuchten wir auch alle, unsere Tränen zu unterdrücken, als Hans-Dietrich Genscher im August des Jahres 1989 zu den aus der DDR Geflüchteten im Garten der deutschen Botschaft in Prag den legendären Halbsatz sagte: »Ich bin gekommen, um Ihnen zu sagen, dass Ihre Ausreise ...« Weiter kam er nicht, da brach der Jubel schon aus. Mir lief es damals kalt den Rücken herunter, als ich die Szene nachts im Fernsehen sah. Aber ich ahnte, dass meine Gemeinschaftskundelehrerin, Frau Gillat-Schwab, wenn ich ihr das am nächsten Morgen gestanden hätte, nur geantwortet hätte, ich sei rechtsradikal.

Auch ansonsten galt ich damals offenbar als bedenklich. Gerade fällt mir ein Foto meiner ersten Reise durch die neuen Bundesländer in die Hände. Oder, anders gesagt, das Foto von dem, was übrig blieb.

Mit meinem älteren Bruder war ich in einem alten VW-Bus durch Polen gefahren. Der VW-Bus war weiß und hatte, wie man im Fahrzeugbrief nachlesen konnte, einst dem ZDF gehört, und der Vorbesitzer erzählte stolz, darin hätte die Kamera gestanden für Grzimeks *Serengeti darf nicht sterben*. Wahrscheinlich sah der Bus deshalb so mitgenommen aus, selbst Polen, so unsere Kalkulation, würden ihn vielleicht nicht mehr klauen wollen. Wir lagen richtig. Wir kamen damit ohne Zwischenfälle wieder bis nach Deutschland zurück. Als wir bei Frankfurt/Oder die polnisch-deutsche Grenze überquert hatten, hielten wir irgendwann bei einem der unzähligen Straßenstände und kauften zwei Korbstühle für unsere Abende auf ostdeutschen Zeltplätzen. Als wir dann abends die Stühle aufstellten, fiel mir auf, dass meine Tasche fehlte – und damit mein Pass, meine Unterlagen, meine Kamera, meine Brille, mein alles. Wir stellten den ganzen Bus auf den

Kopf, aber die Tasche war weg. Wir saßen auf unseren Korbstühlen an einem brandenburgischen See, die Mücken stachen, und ich war traurig. Missmutig gingen wir zu einem Steg und rauchten eine Zigarette, um uns wie in einer Marlboro-Werbung zu fühlen. Dann stand mein Bruder auf und fiel kopfüber in den dunklen, stillen See. Mit nassem Haar und Nickelbrille sah mein Bruder danach dem späten Rudolf Scharping verblüffend ähnlich. Aber dieses Foto wurde leider nie gemacht, weil es nun mal meine Kamera nicht mehr gab. Offenbar, so vermutete ich, war die Tasche samt Inhalt aus dem Bus gefallen, als ich die Schiebetür geöffnet hatte, um die blöden Korbstühle zu verstauen. Ich, ohne Tasche, und mein Bruder, nass, beschlossen dann spontan, die Heimreise anzutreten und den VW-Bus auf legalem Weg zu einer zweiten Reise nach Osteuropa zu schicken: durch Verkauf an einen osthessischen Gebrauchtwagenhändler.

Zu Hause angekommen, wurde ich von zwei Polizisten überrascht. Sie baten mich mit ernster Miene, mit aufs Präsidium zu kommen. Ich hatte diesen Satz sonst immer nur von Derrick gehört und war völlig verstört, dass ihn tatsächlich jemand sagt. Auf der Wache wurde ich »in Kenntnis gesetzt«: Meine Tasche sei in den Abendstunden des 28. August 1992 vor dem Polizeipräsidium in Frankfurt/Oder gefunden worden. Und so zitierte der hessische Beamte aus dem Telefax seiner brandenburgischen Kollegen, »da akute Bombengefahr bestand, wurde das Objekt von einem Zielkommando des Landeskriminalamtes entschärft«. Ich verstand nicht so ganz, was los war. Der Beamte ging ins Nebenzimmer und holte ein Foto von dem, was einmal meine Tasche gewesen war. Eine hellbraune Ledertasche, einst mühevoll gefertigt aus biologisch angebautem und gegerbtem Leder, doch nun leider sichtlich am Ende: von insgesamt sieben Schüssen durchbohrt. Ich sagte, ja, das da auf dem Foto sei meine Tasche. Aber warum um alles in der Welt glaubten die denn, da sei eine Bombe drin? »Das kommentiere ich nicht«, sagte der hessische Beamte, er wisse zudem auch nicht, was die ostdeutschen Kollegen unter Entschärfung verstehen würden. Dann reichte er mir eine Inventarliste, die die Brandenburger nach Beschuss vom Tascheninhalt gemacht hatten: Brille und Kamera seien leider zerstört worden, das Buch *Alte Meister* von Thomas Bernhard sei allerdings unversehrt bis auf einen Streifschuss auf den Seiten 17–28. »Das sind offenbar wahre Meister ihres Fachs da drüben«, sagte der hessische Polizist.

Auch von meinem zweiten prägenden deutsch-deutschen Erlebnis habe ich leider kein Foto. Bevor wir nach Polen gefahren waren, machten wir Halt am Strand von Rügen. Der Himmel war bedeckt, und ich versuchte, mich in eine Gruppe jugendlicher Volleyballspieler zu integrieren. Meinem Bruder dauerte das zu lange. Er ging dann zur Strandpromenade in der Hoffnung, dass man dort schon Westzeitungen kaufen kann. Ich verfolgte derweil weiter die Ballwechsel und holte einmal schleimig einen Ball, der weit weggesprungen war und dann fragte ich endlich, ob ich mitspielen dürfe. Ich durfte und dachte, wie toll, dass ich Wessi jetzt auf Rügen mit elf anderen jungen Menschen Volleyball spiele und gar nicht genau weiß, wer ein Zonenkind ist und wer nicht. Dann kam die Sonne heraus, und es wurde heiß. Wie von einer magischen Hand gesteuert, fing ein Spieler nach dem anderen an, sich komplett auszuziehen. Als der zweite Satz zu Ende war, standen elf nackte, durchtrainierte Menschen auf dem Feld und ein bekleideter, untrainierter Wessi. Eine Sekunde lang dachte ich, dass wir wahrscheinlich wirklich mindestens eine Generation brauchen würden, um zusammenzuwachsen. Aber ich konnte mich nicht mehr richtig konzentrieren, da unter den Spielern auch Spielerinnen waren. Genau in diesem Moment kam mein Bruder zurück und starrte uns entgeistert an. Ich winkte ihm zu, als wollte ich sagen, dass ich das so auch nicht gewollt hätte.

Aber, wie gesagt, von den schönsten Dingen hat man ja leider keine Fotos.

WIR SOLLTEN MAL WIEDER SCHÖN ESSEN
GEHEN, NUR WIR ZWEI.

Wir müssen reden. Volker ist jetzt viel
nachdenklicher geworden. Du hast keine Ahnung,
wie das ist mit Kind. Das Hänsel-und-Gretel-
Syndrom. Was trägt man eigentlich zur eigenen
Scheidung?

Nach dem Katerfrühstück am Sonntagmorgen steigen wir in unseren Golf und fahren zurück nach Hause. Wir nehmen Volker und Nicole mit. Volker sagt: »Ach, ihr habt noch den alten Golf III.« Ich setze mich ans Steuer, nehme mein Handy, tippe den Code ein, es piept zweimal, »2 neue Sprachnachrichten eingegangen«, ich höre sie kurz ab. Volker nimmt sich einen Aktenordner mit auf die Rückbank, den er bis Montag noch durcharbeiten muss. Nach zwei Tagen Hochzeit hat die Welt uns wieder. Dann schweigen wir erst einmal. In irgendeiner verlassenen Provinzstadt stehen wir an einer einsamen Fußgängerampel und müssen ewige dreißig Sekunden warten, ich merke, wie ich mit den Fingern unruhig aufs Lenkrad trippele. Dann fahren wir durch den Frühling, hier und da blüht ein Rapsfeld, doch der Himmel darüber ist lustlos grau. Irgendwann, wir sind inzwischen schon wieder auf der Autobahn, sagt Volker und zeigt auf ein Dach, es sei so lustig, dass es in fast jedem ostdeutschen Dorf ein Haus mit blauen Dachziegeln gebe. Aber eben nur eins, nie zwei. Als dürfe es immer nur einer machen, und die anderen müssten dann wieder die alten rotbraunen nehmen. »Vielleicht macht es auch immer nur einer«, sagt Nicole, »weil dann alle anderen sehen, wie scheiße es aussieht.«

»Wie fandet ihr eigentlich das Hochzeitskleid?«, fragt Annabelle daraufhin. »Ich fand es eigentlich ganz nett«, sagt Nicole, »ich stehe ja nicht so auf Rüschen, aber zu Jutta hat es total gepasst, sie hat doch so einen Hang zu Laura Ashley.« »Ja, sie war eine schöne Braut«, sagt Annabelle, und Volker fragt von hinten, warum man das eigentlich immer so sage. Und wo er Recht hat, hat er Recht. Ehrlicherweise muss man zugeben, dass Jutta als Braut sehr normal ausgesehen hat. Aber auf Hochzeiten ist es ja noch nie um Ehrlichkeit gegangen. Alle taxieren sich, vergleichen sich, jeder findet jemanden, den er beneiden kann, aber alle sagen sich gegenseitig nur, wie gut es ihnen gehe. Die völlig übermüdeten Eltern mit ihren drei kleinen Kindern sehen das junge Paar, das in Hamburg ein Designbüro hat, und sehnen sich zurück ins Freiberuflerleben mit Partys bis zwei und Ausschlafen bis elf. Und die Designer sehen den neuen Mercedes Kombi und die Kinderschar und sehnen sich nach einem sicheren Arbeitsplatz und Familienidyll. Die beiden schwulen Fünfunddreißigjährigen sehen die Kinder und denken traurig, dass sie nichts an die nächste Generation weitergeben können. Ruth, die allein ist, fühlt sich doppelt allein, weil sie überall nur Paare mit Ehering sieht. Doch zwei der Männer mit Ehering sehen Ruth und überlegen, ob ihr Leben nicht vielleicht auch ganz anders und aufregender hätte verlaufen können, wenn sie sich getraut hätten, sie damals auf der Studentenparty in Heidelberg anzusprechen. Alle Paare, die schon ein paar Jahre zusammen sind, fragen sich, ob die anderen, mit denen sie gerade einen Sekt trinken, auch nur noch so selten miteinander schlafen wie sie. Die Paare, bei denen es kriselt, stellt die Hochzeit unter besonderen Leistungsdruck. Das ganze Fest über haben sie das Gefühl, sie würden vor dem Computer des Lebens sitzen und müssten die Frage beantworten: »Herunterfahren«, »Anwendungen schließen und unter neuem Namen anmelden« oder »Neustart«? Die älteren Ehepaare blicken auf die Braut und denken sich insgeheim, so glücklich waren wir auch mal. Und die Braut sieht die älteren Ehepaare und wünscht sich: Hoffentlich geht es auch bei uns so lange gut.

Nicole wurde ganz sentimental, als Christiane in der Kirche das »Ja« hauchte, doch als sie mit tränenerfüllten Augen Volker anschauen wollte, band der sich gerade die Schuhe zu, und sie hörte ihn sagen, was er immer in solchen Fällen sagt: »Man kann auch glücklich sein, ohne verheiratet zu sein.« Eigentlich ein alter 68er-Spruch, den man aber aus irgendeinem Grund heute nur noch von Männern hört.

Volker, das weiß ich, ist heilfroh, dass er alles hinter sich hat. Er hasst Hochzeiten, er findet es pervers, im Januar für einen Termin im Mai zuzusagen. Er hält sich grundsätzlich bei der Wochenendplanung alle Optionen immer bis zum letzten Moment offen, um dann alle, die zufällig die gewählte Option sind, damit zu nerven, dass er die gemeinsame Zeit damit verbringt, per SMS anderen Optionen abzusagen oder sie auf später zu vertrösten. Wenn Nicole mit ihm am Donnerstag einen Sonntagsausflug planen will, sagt er nur, das enge ihn zu sehr ein. Sie leidet total darunter. Ich weiß ehrlich gesagt auch nicht, ob sie die Richtige für ihn ist. Ich glaube, Volker bräuchte dauerhaft ein »Bewunderungsgirl«, einen Typ Frau, den unser Freund Thomas als Erster genau definiert hat. Für Thomas gibt es in unserer Generation drei wesentliche Frauentypen: die Frau, die man sofort heiraten muss. Dann den Typ Condoleezza Rice, die Übereifrigen und Fleißigen, die schon früher im Matheunterricht immer hektisch mit den Fingern schnippten, wenn sie die Antwort wussten, und nun ihre Kostüme wie Panzer tragen. Und dann die, die er machohaft »Bewunderungsgirls« nennt, die man anruft, wenn es einem schlecht geht und die einen ansonsten nicht mit ihren Frisurproblemen behelligen. Volker wäre also der richtige Mann für ein »Bewunderungsgirl«. In der Dauerform heißen sie »Spielerfrau«. Irgendwo in den oberbayerischen Alpen gibt es ein geheimes Camp, wo die Frauen jahrelang aufgepäppelt werden, bevor sie mit zweiundzwanzig eine Sportskanone heiraten. Wenn sie schön und blond sind, dann dürfen sie ab etwa zwanzig samstagnachmittags nicht mehr *Beverly Hills* bei RTL gucken, sondern müssen sich frierend in Fußballstadien setzen und sich dabei einen kernigen Jungnationalspieler von Bayern München aussuchen. Sie heiraten und heißen dann Simone Kahn oder Martina Effenberg. Die Blondinen mit besonders starken Nerven heiraten Michael Schumacher oder einen seiner dreiundvierzig Brüder. Und die, die braunhäutig und braunhaarig sind, dürfen sich aussuchen, ob sie lieber zu Boris Becker oder zu Dieter Bohlen ziehen wollen.

Nicole und Volker zoffen sich hinten auf der Rückbank, vermutlich weil sie leider keine typisch unkomplizierte Spielerfrau ist, sondern eine typisch komplizierte dreißigjährige Akademikerin. Die sich nach Nähe sehnt, aber zugleich ihren Freiraum braucht und es hasst, dass ihr Freund glaubt, sie wolle sich nur in Ruhe die Beine rasieren, wenn sie sagt, sie brauche mehr Zeit für sich allein. Die Volker heiraten will, obwohl er vielleicht nicht der Richtige ist. Die vom perfekten Latin Lover träumt, aber weiß, dass der nie das Bad putzen wird. Die weiß, dass die Männer den Valentinstag nicht ganz so sehnlich erwarten, wie ihr *Glamour* immer weismachen will, und die dennoch enttäuscht ist, wenn sie keine Rosen bekommt. Die als Juristin ernst genommen werden will, aber Volker in der Küche noch nicht mal das Nudelwasser aufsetzen lässt. Die zwar mit dem Freund die Haftpflichtversicherung teilt, aber ansonsten strikt getrennte Kassen einfordert. Die gerne Kinder möchte und zugleich Angst hat, dass ihr was fehlt, wenn sie aufhört zu arbeiten. Die, wenn die Kinder da sind, ins Fitnessstudio geht, damit sie mit den Praktikantinnen im Büro des Mannes mithalten kann. Die sich einen Dreirad-Kinderwagen von Teutonia wünscht, damit ihr Mann beim

Kinderwagenschieben joggen kann und so das Gefühl hat, er tue etwas für sich. Die manchmal glaubt, sie komme vor lauter Arbeit gar nicht mehr runter, die aber nach zwei Tagen im Hotel schon wieder anfängt, detaillierte Routen für Tagesausflüge in entlegene Klöster zu erarbeiten. Die die Fernsehwerbung für Telefonsex widerlich findet und die Silikonbusen hässlich, sich jedoch fragt, ob der sexuelle Leistungsdruck für eine Generation eigentlich je größer war als bei uns. Die Angst hat, mit Turnschuhen zu mädchenhaft zu wirken und mit Pumps zu damenhaft, und die sich einbildet, dass sie aus dem Alter raus sei, in dem sie Miniröcke ohne Strumpfhose tragen könne, ohne dass auf der Straße der Cellulitis-Alarm ausgelöst wird.

Bevor hinten auf der Rückbank der Beziehungs-Alarm losgeht, beschließe ich, an der nächsten Tankstelle rauszufahren. Beide Frauen sagen: »Wegen mir nicht«, und rasen dann doch sofort Richtung Toilette. Ich gehe mit Volker in die Stehcafeteria neben der Kasse. Als Nicole und Annabelle zurückkommen, bestellen wir uns etwas zu trinken. Als Volker sagt: »Wir nehmen zwei Kaffee«, da zischt Nicole: »Was heißt wir? Du kannst gerne einen Kaffee trinken, aber ich hätte gerne ein Volvic, haben Sie das?«

So fangen sie an, so sehen sie aus: die kleinen Abgrenzungsschlachten unserer Generation. Wir fahren weiter, alle essen gierig saure Pommes, ich suche einen Sender, wo zwischen den Blitzerwarnungen auch noch etwas Musik kommt. Da ich so viele Zuckerkörner von den Pommes an den Fingern habe, verklebt der Drehknopf total. Plötzlich höre ich Nicole zu Annabelle sagen: »Du, ich überlege mir, meine Haare wieder lang wachsen zu lassen.« Volker sagt, ohne von seinen albernen Akten aufzublicken: »Also ich finds gut so.« Und Nicole antwortet patzig: »Aber vielleicht möchte ich es dennoch anders haben, wenn es der Herr erlaubt?« »Dir würde bestimmt auch so eine Meg-Ryan-Frisur gut stehen«, sagt Annabelle, um die Stimmung etwas aufzuheitern. Doch Nicole sagt nur: »Das geht mit meinen Haaren nicht«, und: »Gib mir noch ein saures Pommes.« Dann schweigen wieder alle, denken nach über die Hochzeit und die Liebe und warum es so schwer ist, und ich denke an Katja.

Mit Katja kam ich nie richtig zusammen, obwohl es sich meine Mutter und mein Bruder gewünscht hatten, beziehungsweise wohl eher: weil. Aber Katja war diejenige, die mir irgendwann, als wir vierzehn waren und ich ihr gesagt hatte, sie solle sich mal eine Frisur machen lassen wie Jennifer Rush, mit ruhiger Stimme geantwortet hatte: »Du, das geht mit meinen Haaren nicht.« Das imponierte mir damals sehr. Ich ahnte in jenem Moment, dass sie nun fast erwachsen war. Zwar waren die Frisur von Cyndi Lauper und die von Jennifer Beals vorher auch nicht mit ihren Haaren gegangen, aber das hatte sie beides immerhin noch versucht. Ich brauchte noch zwei Jahre, bis auch ich meine Lektion gelernt hatte. Denn irgendwann sah ich ein, dass es nichts brachte, verschämt mit dem *Kicker* zu unserem Friseur, Herrn Eichenauer, zu gehen und ihm dann ganz leise zu sagen, ich wolle obenrum gerne in etwa so aussehen wie Karl-Heinz Rummenigge. Ich stotterte richtig, so aufgeregt war ich, weil ich es selbst so albern und eitel fand. Aber andererseits war Stottern damals sehr angesagt, egal ob in der Werbung bei Stu-stu-stu-studioline, in der Musik bei Ba-ba-ba-ba-banküberfall oder bei der UN mit Boutros Boutros-Ghali. Herr Eichenauer war ein netter Friseur. Obwohl meine Haare schon damals so labschig waren wie die von Günter Netzer, sagte Herr Eichenauer nie: »Das geht nicht mit deinen Haaren.« Sondern: »Gut, dann wollen wir doch mal sehen.« Ich zog die Brille ab und überließ mich meinem Schicksal. Leider sah ich danach nicht aus wie Karl-Heinz Rummenigge, sondern wie Florian Illies mit verunglückter Wellenfrisur. Sechs Wochen später ging ich wieder zu Herrn Eichenauer. Diesmal hatte ich ein Foto von Wolfgang Joop dabei. So ungefähr, erklärte ich, wolle ich aussehen. »Na, dann wollen wir mal«, sagte Herr Eichenauer. Danach wollte ich aus Protest nicht mehr zu ihm gehen (und war froh, dass überhaupt wieder etwas nachwuchs). Weil aber auch die Konkurrenz nicht genau verstand, was ich mit Joop meinte, und bald darauf Pleite gegangen war, mir aber immer noch niemand gesagt hatte, was mit meinem Haar geht und was nicht, tauchte ich etwa ein Jahr später erneut bei Herrn Eichenauer auf. Ich wusste nicht, ob er mich wieder erkannte, auf jeden Fall siezte er mich, fragte netterweise: »Wie immer?«, und legte dann los. Als ich ihn nach zwei Minuten so nebenbei fragte, wie er eigentlich Thomas Gottschalk finde, steckte er erschrocken seine Schere ein, stieß sich mit seinem rollenden Stuhl von mir weg, wodurch sich an den Rollen kleine Haarberge stauten. Er blickte mich ernst an und sagte: »Bitte reden Sie jetzt nicht weiter.« Seit diesem Tag habe ich mich in mein Schicksal gefügt.

Ich gucke kurz in den Rückspiegel und sehe, dass ich auch heute wieder die Haare trage wie Günter Netzer und dass ich leider nicht wie Annabelle sagen kann, das liege nur an dem weichen Wasser in der Pension. Da sagt Nicole: »Mir ist total schlecht von den sauren Pommes, gib mir bitte noch eins.«

Ich denke noch einmal an die Hochzeit. Es war wieder eine dieser ganz konservativen Hochzeiten gewesen: Die Braut in Weiß betrat am Arm des Vaters die Kirche, der Bräutigam ganz schnieke, der Pastor sagte, dass Liebe Arbeit sei, und selbst abends, bei den Sketchen, ging es wahnsinnig zivilisiert zu, rührende Reden, teures Essen, artige Kinder. Erst als der DJ um eins *It's raining men* auflegte, gingen die Ersten aus sich heraus und hängten die Smokingjacke über den Stuhl. Ich war der Tischherr von Ruth, was netter war als erwartet. Sie sagte mir, wie verrückt es sie mache, das Glück der anderen zu sehen. Jeder zweite heirate, und die anderen seien zumindest schon verlobt, schrecklich. Zum Glück nahm sie es mit Galgenhumor, zumindest tat sie so. Ich erzähle den beiden auf der Rückbank, die sich gerne über das unglückliche Liebesleben von Ruth unterhalten, dass es Hoffnung gebe. Ruth habe mir gesagt, wenn sie sich so umgucke, dann müsse sie sich eingestehen, dass sie bei der ersten Runde leer ausgegangen sei. »Ich muss mich jetzt gut pflegen, damit ich in zwei, drei Jahren in der nächsten Runde noch passabel aussehe und einen netten Mann abbekomme, der runtergefallen ist, als sich das Scheidungskarussell zu drehen begonnen hat, hat sie gesagt«, erzähle ich. »Also, ich fände es super«, erklärt da Volker, »wenn ich in so einer zweiten Runde gleich eine Frau samt Kind finden würde.

Die Ungleichzeitigkeit von Liebe und Vaterschaft ist total im Trend, hat mir mein Bruder erzählt, da gibt es sogar ein französisches Buch dazu, Alain Finkielkrauts *Die neue Liebesunordnung*. Und wenn es zu irgendetwas ein französisches Buch gibt, ist das immer ein gutes Zeichen. Mein Bruder ist da Experte, er hat jetzt nämlich eine supernette, junge Lehrerin aus dem Osten kennen gelernt. Die hatten da ja alle schon mit achtzehn ein Kind. Na ja, und jetzt hat er eben eine Freundin und ein elfjähriges Kind gleich mit dazu, und er findet es super, dass er die Phase mit Nachtsrumtragen und Windelwechseln einfach übersprungen hat und gleich einsteigt bei Fußball und Computerspielen.«

Früher, als das Brautstraußwerfen noch eine Gaudi war, rätselten auf Hochzeiten alle, wer wohl als Nächstes vor den Traualtar treten würde. Heute machen da nicht mehr so viele mit, weil dann ja rauskommt, dass sie noch nicht unter der Haube sind. Und gerätselt wird vor allem, wer als Nächstes zum Scheidungsanwalt muss. Und da immer mehr junge Menschen, wenn der Tag vor Gericht gekommen ist, nicht wissen, was man eigentlich zur eigenen Scheidung anziehen soll, müsste diese Marktlücke mal langsam von H&M gefüllt werden. Ich dachte, die wissen immer so genau, was gerade gefragt ist.

Ich tippe auf Barbara und Marcus als nächste Trennungskandidaten. Ich sah, wie sie sich nachmittags beim Empfang in der Schlange vor den Kaffeetassen fast angebrüllt hätten, weil Marcus wohl vergessen hatte, die abgekochten Schnuller für Friedrich von zu Hause mitzubringen. Das sah nicht gut aus. Anfangs rief Marcus mich immer an und war total stolz auf Friedrich, doch dann irgendwann ist es losgegangen mit so Sätzen wie: »Du kannst dir gar nicht vorstellen, wie das ist mit Kind.« Wenn ich das Annabelle erzählte, sagte sie: »Ach, das sagt der doch nur, weil Barbara jetzt abends nach den *Tagesthemen* zu müde ist für Sex.«

Na ja, in dem Moment, als sich Barbara und Marcus stritten, verlangte sie von ihm jedenfalls nur abgekochte Schnuller, und das reichte wohl bereits. Etwas später sah ich, wie er sich das Spucktuch über den Cut legte und den kleinen Friedrich stolz wie ein Gockel herumtrug. Ich glaube aber, dass er die Windeln nur wechselt, wenn Gäste da sind oder Barbaras Eltern, damit alle denken müssen, wie wahnsinnig gleichberechtigt es bei ihnen zugeht. Doch Friedrich, der Name, das war tatsächlich seine Idee. Vielleicht weil wir alle Namen aus dem IKEA-Kinderparadies und dem Alten Testament durchhaben, ist jetzt das neunzehnte Jahrhundert dran. Und so werden unsere kleinen Friedrichs und Luises dann in fünfzehn Jahren, wenn sie in der Schule Fontane-Romane lesen oder preußische Herrscherhäuser auswendig lernen, denken: Wie witzig, die Leute da heißen alle so wie wir.

Endlich sind wir da. Volker und Nicole steigen aus, wir küssen uns rechts und links und fahren weiter. Eigentlich wollte ich die beiden fragen, ob sie nachher noch mit ins Kino kommen, in *Nackt* von Doris Dörrie. Aber dann ließ ich es bleiben. Ich hatte das Buch dazu gelesen, *Happy*, und nach der gemeinsamen Autofahrt nun zunehmend das Gefühl, Dörrie hätte die traurigsten Pointen im Schlaf- und Wohnzimmer von Volker und Nicole recherchiert. Ehrlich gesagt, weiß ich niemanden, mit dem wir da reingehen können. Bei Dörrie verbringen drei Paare um die dreißig einen Abend zusammen, und am Ende hat man das Gefühl, jede Liebe sei nur Einbildung und Gewohnheit und keiner getraut sich mehr, normale Sätze zu sagen, weil alle schon wie ausgelutschte Floskeln klingen würden. »Vielleicht sollten wir am besten auch selbst nicht in den Film gehen«, sage ich. »Gut«, antwortet Annabelle, »tut mir zwar Leid für die Dörrie, aber daran ist sie selbst schuld, hätte sie eben ein schlechteres Buch schreiben müssen, dann könnten wir jetzt auch reingehen.«

Wir parken, nehmen die Sachen aus dem Auto,

und ich werfe den Rest saure Pommes in den Müll, weil mir auch schon ganz schlecht davon ist. Wir lassen die Koffer unausgepackt, liegen wenig später auf dem Sofa und schauen *Tatort*, und ich denke an Volker und Nicole, die jetzt auch fernsehen, und frage mich, ob Nicole wohl gerade Volker zum Heiraten überreden will. Annabelle nimmt sich die Wolldecke, schlingt sie um ihre Füße, steckt sich ein Radieschen in den Mund. Das Telefon klingelt. Ich höre nur, wie Annabelle nach zwei Minuten in den Hörer sagt: »Ist doch nicht so schlimm, jetzt beruhige dich doch erst einmal wieder.« Nachher erfahre ich: Nicole erzählte Annabelle, wie fürchterlich enttäuscht sie von Volker sei. Sie hätten gerade zusammen auf dem Sofa gesessen und gekuschelt und hätten kurz über die Hochzeit geredet und dass heiraten doch eigentlich ganz nett sei, und dann habe er gesagt: »Nicole, darf ich dich was fragen?«, und dann eben nicht: »Willst du mich heiraten?«, sondern nur: »Wir sollten mal wieder schön essen gehen, nur wir zwei.« Woraufhin Annabelle erwiderte, dass das doch nicht so schlimm sei. »Doch, ist es wohl«, weinte Nicole, genau den Satz habe auch Matthias gesagt, acht Wochen, bevor sie sich trennten. Annabelle versuchte Nicole zu beruhigen und erklärte: »Guck mal Nicole, jetzt nimm das nicht so tragisch. Die Heike Makatsch hat auch gerade gesagt, dass wir Frauen um die dreißig nur zwei Möglichkeiten haben: resignieren und glauben, dass die große Liebe eh nicht kommt, oder sagen: ›Meine Beziehung muss nicht der Quell all meines Glücks sein, und eigentlich ist sie gar nicht schlecht.‹« Aber Nicole schluchzte nur in den Hörer: »Gar nicht schlecht? Was soll das heißen? Bei mir ist es nicht ›gar nicht schlecht‹, sondern es ist kurz vor vorbei, hörst du. Erst heißt es: ›Wir sollten mal wieder richtig schön essen gehen, nur wir zwei‹, dann: ›Wir müssen reden‹, und schließlich: ›Ich glaube, es ist das Beste für uns beide.‹ Na ja, aber ganz so weit ist es ja zum Glück noch nicht.«

Ich weiß, wie solche Gespräche weitergehen. Weil sie sich nicht trauen zu sagen: »Es ist Routine geworden, aber solange ich keine Bessere gefunden habe, bleibe ich erst einmal mit ihr zusammen«, sagen sie: »Es ist zwischen uns mehr so wie zwischen Bruder und Schwester.« Ich muss dann jedes Mal an meinen Bruder und meine Schwester denken. Mein Bruder, der Philosoph, kletterte früher immer über das Dach und glotzte durchs Kippfenster zu meiner Schwester ins Zimmer, wo sie gerade einen Cellisten oder Anthroposophen küssen wollte, die daraufhin in der Regel vor Schreck unser Haus verließen. Meine Schwester bat ihn deshalb zur Strafe eindringlich darum, heulende Freundinnen von ihr zu trösten, sodass zu seinen Geburtstagen, neben Ecki, immer nur die komplette Eurythmiegruppe meiner Schwester kam. Wenn er dann aber wirklich mit einer zusammen war, war meine Schwester so eifersüchtig, dass die ganze Familie froh war, wenn es wieder auseinander ging.

Ob es das ist, was Nicole mit Bruder und Schwester meint? Insgesamt fünf meiner Freunde haben mir Ähnliches in den vergangenen Jahren erzählt, und ich frage mich langsam, warum es zum »Hänsel-und-Gretel-Syndrom« noch keine Titelgeschichte im *Spiegel* gegeben hat. Offenbar ist das ein Massenleiden. Unklar ist eigentlich nur, ob es bei Bruder und Schwester wenig später zur Trennung führt oder dazu, dass beide für den nächsten Ostseeurlaub Windjacken kaufen. Dass alle sagen, sie hätten eine sexuelle Beziehung wie Bruder und Schwester, könnte auch auf Helmut Kohl zurückzuführen sein, der ja immer so liebevoll von »unseren Schwestern und Brüdern« im Osten sprach, bis alle dachten, das sei etwas Gutes.

Berlin

BERLIN SOLL JA SO SPANNEND SEIN!

Sage mir, wo du wohnst, und ich sage dir, wer du bist. Christo und die warme Junisonne. Das Treppenhaus wird noch gemacht. Latte Macchiato im Themenpark Mitte. Das kann man sich heute gar nicht mehr vorstellen.

Ich sitze vor dem Café Strandbad-Mitte in der Auguststraße, ein Glas Latte Macchiato vor mir auf dem Tisch, und überlege mir gerade, ob es inzwischen eigentlich peinlich ist, in der Auguststraße in einem Café gesehen zu werden. Da kommt ausgerechnet mein alter Freund Harry vorbei. Harry lebt schon seit über zehn Jahren in der Torstraße, und eigentlich kommt er aus Leipzig, in punkto Ostkompetenz kann es also kaum einer mit ihm aufnehmen. Als ich ihm einmal sagte, mir gefalle die Oderberger Straße, antwortete er nur müde lächelnd: »Ach ja, aber sie hat leider auch nicht mehr das Flair von damals, Anfang der Neunzigerjahre.« Es gebe da jetzt schon viel zu viele Inder mit lackierten Kiefernholzmöbeln. Einige Wochen später berichtete ich ihm stolz, das erste Mal im Café Schwarz-Sauer gesessen zu haben. Da lachte er nur mitleidig und sagte, er sei da seit Ewigkeiten nicht mehr gewesen, das würde inzwischen ja sogar von der *Brigitte* als »Zwischenstopp samstags von sechzehn bis siebzehn Uhr« beim »idealen Berlin-Wochenende« empfohlen.

Wenn ich also Harry irgendwo treffe, wird es meist unangenehm. Diesmal nickt er mir nur kurz zu und geht ins Café. Um allen zu zeigen, für wie gewöhnlich und westerwellehaft er ihre Sehnsucht nach Bräune hält, setzt er sich demonstrativ in den Schatten und bestellt einen schwarzen Kaffee. Es ist naiv zu glauben, man könne je mit einem Menschen wie Harry mithalten. Er ist immer schon einen Schritt weiter. Während ich also de facto im Strandbad-Mitte sitze und einen Latte Macchiato trinke, ist er dort nur in ironischem Sinne. Es ist inzwischen so verboten mainstreamig, dass es für Trendexperten wie ihn fast schon wieder cool ist. Kaum sehe ich Harry, bemühe ich mich deshalb, so zu tun, als sei ich nur deshalb hier, um das Trendbarometer zu checken. Ich versuche das Latte-Macchiato-Glas so zu halten, als meinte auch ich das nur ironisch. Doch Harrys spöttischer Blick sagt mir, dass das auch keine Lösung ist. Offenbar wirkt es an mir leider sehr authentisch.

Wahrscheinlich sitze auch ich bald auf dem kleinen Spielplatz gegenüber, wo die Kinder auf der Rutsche schreien. Wer von den Dreißig- bis Vierzigjährigen genug Zeit in den Straßencafés in der Sonne verbracht hat, darf irgendwann einen Teutonia-Kinderwagen kaufen und wenig später dann auf die andere Straßenseite überwechseln, auf den Bänken Platz nehmen und seinen Kindern beim Spielen zuschauen. Leider verlieren manche auf dem Weg dorthin ihren Partner und sitzen nun allein erziehend auf der Bank.

Gerade fährt ein Touristenbus aus Schwerte quälend langsam durch die Auguststraße, und da es warm ist und der Busfahrer sein Fenster runtergekurbelt hat, höre ich die Fremdenführerin erklären, dass hier in Mitte viele moderne Galerien und flotte Straßencafés entstanden seien, in denen sich die jungen Leute träfen. Die älteren Leute im Bus gucken eher ängstlich als interessiert und freuen sich sichtlich schon auf übermorgen, wenn sie sich nicht mehr durch enge Straßen voller Baulücken kutschieren lassen müssen und zu Hause in Wanne-Eickel nachmittags wieder RTL gucken können. Nachdem der Bus um die Ecke gebogen ist, informiert die Reiseleiterin vermutlich auch noch über den Stamm der neuen Mitte-Bewohner, der das Gelände erst in den vergangenen zehn Jahren besiedelt hat. Diese Wesen ernähren sich hauptsächlich von Latte Macchiato und Rucola, den sie wie Parmesan über alles Essbare streuen, was nicht bei fünf auf den Bäumen ist. Sie treten selten in Rudeln auf, haben weite, auf der Hüfte hängende, khakifarbene Hosen, Siebzigerjahre-Haarschnitte (wenn man noch von Haarschnitt reden kann) und unförmige Eastpak-Umhängetaschen, in denen sie ihre Tagesration Rucola bei sich tragen.

Ich erinnere mich noch gut an jenen Tag, als ich das erste Mal glotzend mit einer Gruppe hessischer Schülerzeitungsredakteure durch Berlin fuhr und mich die ganze Zeit darauf freute, zwei Tage später wieder nach Hause zurückzukehren. Der Busfahrer hieß Rudi, er hatte eine Herrenhandtasche mit Schlaufe, ein Goldkettchen über dem herausprudelnden Brusthaar und als Einziger ganz gute Laune, als ich frühmorgens an der Autobahnraststätte Bad Hersfeld-West bei McDonald's in seinen Bus stieg. Nachdem ich bis zur letzten Bank durchgegangen war, ohne sie zu entdecken, wusste ich, dass der einzig wirkliche Grund, warum ich diese Reise machte, nicht Berlin, sondern Irina war. Doch Irina hatte offenbar andere Prioritäten gesetzt. Sie hätte schon um fünf Uhr im Odenwald zusteigen müssen, und das schien ihr dann doch zu früh gewesen zu sein. Zehn Minuten später war mir klar, dass all die anderen Jungs auch nur mitgefahren waren, um Irina zu sehen. Wahrscheinlich war sie objektiv gar nicht wahnsinnig hübsch – so hübsch jedenfalls wie vor unserem inneren Auge, damals, als wir in der ewigen Busschlange vor dem Grenzübergang Herleshausen warteten, war sie mit Sicherheit nicht.

Gegen Mittag erreichte unser kleines Depressionsmobil Berlin-West. Es war Oktober 1987, es regnete in Strömen, und das Erste, was ich von Berlin aus dem Nebel auftauchen sah, als wir in einer Schlangenlinie von der Avus abfuhren, war das Internationale Congress Centrum. Das war jetzt also Berlin: Alles war größer, aber sonst schien wirklich nichts anders zu sein. Die Architektur des ICC ähnelte stark der Gesamtschule Schlitz. Auch der so genannte Funkturm sah nur aus wie das, was mein Bruder früher, als er noch nicht Philosoph war, mit Fischer-Technik baute, also eher 1019 Berlin als 1000 Berlin 19. Weil Berlin so groß war, musste man immer 1000 Berlin 19 schreiben. Das war pure Angeberei, so mein erster Eindruck, 1019 hätte es eigentlich auch getan.

Wir stiegen aus, mussten unsere zerknautschten Taschen aus dem Bauch des Busses ziehen und dann im Regen auf unseren Seminarleiter warten.

Er kam und kam aber nicht. In diesem Moment dachte ich an Eberhard Diepgen, der eigentlich so aussieht, als stünde er seit zwanzig Jahren mit einem Aktenkoffer in der Hand im Dauerregen vor dem ICC, das Haar von Jahr zu Jahr angedetschter und Gesichts- und Anzugsfarbe immer mehr auf das Farbspektrum des ICC abgestimmt. Und wenn er sich weltstädtisch vorkommen wollte, dann erinnerte er sich beim Warten wahrscheinlich daran, dass Congress und Centrum immerhin schon mit C geschrieben werden. Da konnte der Rest ja auch nicht mehr lange auf sich warten lassen.

Wir übernachteten in einer Pension in der Kantstraße, mit Fenster zur Straße und einer Dusche, die wahrscheinlich anlässlich der Geburt von Brigitte Mira neu eingebaut worden war, eventuell hatte sie sogar noch die Goldenen Zwanziger hautnah miterlebt. Die Wirtin mit Kittelschürze und schleppendem Gang hatte die ganze Pension bis zum Ersticken voll gestellt mit schweren, dunkelbraunen Stilmöbeln, auf den Beistelltischchen lagen gehäkelte Bordüren und kleine Plastikblumenarrangements mit hellgrünem Efeu-Imitat, der rotscheckige Teppich hatte sich in den dunklen Fluren überall vom Untergrund gelöst, und das Frühstück stand ab fünfzehn Uhr des Vortages bereit: zwei abgepackte Erdbeermarmeladen und Graubrot mit Folie darüber. Etwas Weißgelbes quoll träge aus dem hellen Plastikkännchen heraus – man musste einfach daran glauben, dass das ursprünglich tatsächlich einmal Milch gewesen war. Daran erinnere ich mich noch und an den ewigen Regen, sonst an so gut wie nichts. Das letzte Souvenir von dieser Reise, *Fragen an die deutsche Geschichte*, herausgegeben vom Deutschen Bundestag und verteilt in der Dauerausstellung im Reichstag, habe ich erst vor kurzem beim Umzug in einem unbemerkten Moment in der blauen Tonne verschwinden lassen, nachdem sich an der deutschen Geschichte ja zwischenzeitlich das eine oder andere verändert hat.

Damals gab es zum Beispiel Mitte noch nicht, geschweige denn die Neue Mitte. Berlin-West im Oktober 1987 war noch astrein alte Mitte. Alles wirkte unendlich erschöpft. Daran könnte sich jetzt wunderbar der Satz anschließen lassen: »Das kann man sich heute gar nicht mehr vorstellen.« Diesen Satz kann man an jede Aussage über Berlin anhängen, er bleibt immer kleben, am besten am Osten. Im Westen hingegen hat sich eigentlich gar nichts verändert. Sieht man mal davon ab, dass die Mieter immer älter werden, die Häuser auch, der weiße Kunststoff an den Schaufenstern der Bäckereifilialen im Erdgeschoss grau wird und die letzten Eckkneipen mit zittriger

Kreide »Top-Spiel live« auf ihre Tafeln schreiben, bis auch sie schließen müssen und Schlecker einzieht.

Im Osten jedoch läuft man umher und fragt sich, was früher mal hier gestanden oder eben nicht gestanden hat. Und wenn man es selbst nicht weiß, gibt es immer jemanden, der es weiß. Wie Harry zum Beispiel. Der weiß immer, in welchem Haus ein Stasi-Knast war, wo Wolf Biermann wohnte und welches scheußliche Gebäude in der Friedrichstraße gar nicht aus DDR-Zeiten stammt, sondern aus dem Jahr 1994. Endlich gibt es die Vorher-nachher-Vergleiche nicht mehr nur in Frauenzeitschriften, wo schüchterne, blonde Steuerfachgehilfinnen in schrecklich pinke Kostüme gesteckt, ihre schmalen Lippen rot geschminkt und sie dann gezwungen werden, sich plötzlich viel besser zu fühlen. Jetzt ist auch Berlin zum großen Vorher-nachher-Spiel geworden. Und alle dürfen mitmachen. Da, direkt am Bahnhof Friedrichstraße, da war früher der Grenzübergang zur DDR – das kann man sich heute gar nicht mehr vorstellen. Da, wo der Potsdamer Platz ist, da war vorher ein Acker, auf dem Kaninchen hoppelten – auch das kann man sich heute gar nicht mehr vorstellen.

Unvorstellbar ist auch, dass ich Anfang der Neunzigerjahre zum Studieren nicht in die aufregende Weltstadt Berlin ging, sondern nach – Bonn.

Offenbar saß der Schock über den müden, braun getäfelten Harald-Juhnke-Staat namens Berlin-West sehr tief. Peinlich, ich weiß. Schließlich war ja dann die Mauer auf, und ein junger Mann hätte sich da doch lieber ins Getümmel der Geschichte werfen sollen, als ausgerechnet an den Ort zu ziehen, der erst in jenem Moment Ende der Neunziger mitbekam, dass Deutschland wieder vereinigt worden war, als die ARD-Sendung am Freitagabend plötzlich nicht mehr *Bericht aus Bonn* hieß, sondern *Bericht aus Berlin*.

Ich war sogar so störrisch, dass ich noch nicht einmal 1995 nach Berlin fuhr. Damals, in jenen Junitagen, als außer mir die gesamte geschlechtsreife Bevölkerung zum Reichstag reiste, um zu bestaunen, wie Christos Silberfahnen in der Sonne glänzten. Selbst vier stramme junge Männer aus dem katholischen Priesterseminar in Bonn, von denen einer, Dominik, mit mir studierte, fuhren mit ihrem Fiat Uno über Nacht nach Berlin, um ergriffen zu sein. Dominik, übrigens ein ganz pragmatischer Vertreter unserer Generation, schrieb dann vier Monate später seine Magisterarbeit über die Formen der Ergriffenheit angesichts von Christos Silberglanzverhüllung – das war die renditereichste Umsetzung der Ergriffenheit, die mir begegnet ist.

Spätestens mit Christo hatte der Berlinsog dann

auch den letzten westdeutschen Provinzort erreicht. Immer mehr Studenten sprachen davon, ihren Abschluss vielleicht in Berlin zu machen, und bei den Frauen hingen ab jenem Sommer 1995 in den Zimmern Christo-Poster, mit Blau oder Gelb verziert, immer aber mit hingeworfenen Bleistiftstrichen und Christoworten in schwarzem Kuli am Posterrand. Sie ersetzten den blauen Matisse-Frauenscherenschnitt. Ich hatte das peinlicherweise alles verpasst. Die Gründe dafür liegen auch für mich im Dunkeln, wir wollen jetzt nicht mehr daran rühren.

Im Fernsehen jedenfalls sah das Ganze recht gewöhnlich aus, so als ob ein Leinentuch über einen neuen Formel-1-Wagen geworfen worden wäre. In der *Tagesschau* wurde immer nur über Prozesse berichtet, weil irgend jemand nicht gesagt hatte, dass das Werk von Christo *und* von der supertollen Jeanne-Claude sei. Man wurde von Jeanne-Claude damals ungefähr genauso schnell verklagt wie sieben Jahre später von Gerhard Schröder, wenn man sagte, er habe seine Haare gefärbt oder ein zu enges Verhältnis zu einer bekannten Fernsehmoderatorin (oder zu Amerika). Damals sah man abends in der *Tagesschau* Bilder von Pressekonferenzen, links eine Frau mit wilden, roten Haaren und einer Sonnenbrille, daneben ein Mann, der das Leiden Christo verkörperte: ein verschüchterter Herr mit beiger

Schimanski-Jacke, wirrem Haar und großer Brille, der offenbar große Angst hatte, von Mami was auffe Löffel zu kriegen. Gerüchten zufolge hatte Christo, völlig entnervt, Jeanne-Claude am Ende selbst eingepackt und in einem Turmzimmer des Reichstages verstaut. Sie konnte sich aus den Schnüren und den silbernen Stoffbahnen erst just in dem Moment befreien, als drei Jahre später die neue Regierung vereidigt wurde. Seitdem leitet sie unter dem Decknamen Heidemarie Wieczorek-Zeul das Bundesentwicklungshilfeministerium.

Da die Verhüllung ein so großer Erfolg war, hat man das Gebäude, nachdem die Stoffbahnen wieder abgezogen worden waren, sogar stehen gelassen. Noch heute kommen Touristen, die damals das Spektakel verpasst hatten, um sich wenigstens einmal vor dem Gebäude in die Schlange stellen zu können.

Das Gebäude hat leider keinen richtigen Namen mehr, und daran ist Wolfgang Thierse schuld. Thierse ist der einzige männliche Ossi mit echtem Ossibart, der sich bis nach oben gekämpft hat. De Maizière gab auf, als sein Bart plötzlich genauso aussah wie der von Scharping in Grau. So wurde Thierses krusseliger Bart zum letzten Zipfel der ehemaligen DDR, der noch nicht vollständig dem Grundgesetz beigetreten war. Doch prägenderen Einfluss auf das neue Deutschland hatte er anderweitig: Als Bundestagspräsident äußerte er so lange seine Bedenken, ob der Reichstag künftig Reichstag heißen dürfe, weil da schließlich einmal schlimme Sachen geschehen seien, bis der Ältestenrat einschritt und zu verhandeln begann. Der Ältestenrat, so muss man wissen, ist leider das Bermudadreieck der Bundesrepublik. Alles, was hier hineinläuft, kommt als Konsens wieder raus. Und da der Reichstag nun mal so schlecht durch die Tür passt, zerlegte man ihn auf Thierses Geheiß in seine Einzelteile und fügte dem Ganzen eine sprachliche Sättigungsbeilage bei. Seither heißt der Reichstag »Plenarbereich Reichstagsgebäude«. Damit war Thierse tatsächlich etwas ganz Dolles gelungen: Er verband in einem einzigen Wort die kompromisssüchtige, moralinsaure Geschichtsversessenheit des Westens mit dem absurden Büroklammerdeutsch des Ostens. Damals, im Frühjahr 1999, wurden tatsächlich Straßenschilder mit »Plenarbereich Reichstagsgebäude« aufgestellt. Man kann sich das heute gar nicht mehr vorstellen.

Wahrscheinlich fährt der Bus, der eben noch durch die Auguststraße geschlichen ist, jetzt weiter in Richtung Plenarbereich Reichstagsgebäude. Damit sich auch diese Touristengruppe aus Schwerte einmal kurz in die lange Schlange stellen kann, um

DDR-Alltag zu erleben. Solchermaßen eingestimmt auf das Warten, den klassischen Berliner Zeitvertreib, könnte der Bus die Weiterfahrt nach Wilmersdorf wagen, zu einer kleinen Glasvitrine unweit des U-Bahnhofs Spichernstraße. Dorthinein hat Stefan Rinck ein kleines Knetfrauchen gestellt, mit Jeans, herausguckendem Tanga und gelbem Top – und einer persönlichen Wartebilanz. Achtzehn Prozent des Tages warte sie, gesteht die Figur, davon die Hälfte abstrakt (»auf neue Musik«, »auf den Traummann«, »auf besseres Wetter«) und die andere Hälfte konkret (»auf heißes Wasser«, »auf eine grüne Ampel« oder darauf, »dass etwas passiert«). Warten, dass etwas passiert – ich brauchte sehr lange, um zu kapieren, dass vor allem das das Berlin-Gefühl ausmacht. Zunächst wartet man ein halbes Jahr auf den Frühling, dann auf den Mann von der Telekom oder darauf, dass Friedrichshain nun endlich wirklich in ist. Die Intellektuellen warten auf den großen Berlin-Roman, Polizei und Kreuzberg auf den ersten Mai und die Partyveranstalter darauf, dass Klaus Wowereit endlich nach Hause geht, damit sie die Stühle hochstellen können. Und zwischendurch, wenn mal Zeit ist, warten alle auf den Aufschwung. Kein Wunder also, dass Deutschland nicht so recht aus den Puschen kommt, seit es komplett nach Berlin umgezogen ist.

Ich warte zurzeit nur auf die Kellnerin und winke ihr zu. Doch sie schaut nicht her, als habe sie es eigentlich überhaupt nicht nötig, irgendwelche Bestellungen aufzunehmen. Nur in Ostberliner Cafés gelingt es den Kellnerinnen, den Gästen mit einem einzigen Augenaufschlag zu vermitteln, dass sie es im Grunde nicht wert sind, von ihnen bedient zu werden. Wenn sie sich widerwillig die Bestellung angehört haben, gehen sie auf eine Weise zur Theke zurück, die deutlich macht, dass sie sehr kurz vor dem großen Durchbruch in Hollywood stehen und diese Arbeit hier in Wahrheit gar nicht nötig haben. Die Berlin-West-Variante sind schmierige Kellner in weißen Sakkos, die einem knurrend zu verstehen geben, dass es ihnen herzlich egal ist, ob das servierte Essen sofort oder erst in einer Stunde zum Magendurchbruch führt. Damit man sich als Wochenendurlauber, der die Geheimtipps in *Merian live* gelesen hat, so richtig scheiße vorkommt, ist die Bar Greenwich in Mitte dazu übergegangen, auf den Caipirinha, also die nächtliche Version von Latte Macchiato, Schutzzölle in Höhe von fünfundzwanzig Euro zu erheben. Doch das Greenwich hat nicht mit den Touristen aus Stuttgart gerechnet. Die können nämlich alles, außer Hochdeutsch. Und so kommen sie gerade deswegen und zahlen auch gerne den astronomischen Preis, damit sie zu Hause was zu erzählen haben. Dienst ist Dienst, und Schnaps ist Schnaps. Besonders anstrengend ist dieses Abschreckungsgetue sicherlich auch, weil all die Kellnerinnen – übrigens auch alle Klamottenladenbesitzer – selbst erst vor einem oder zwei Jahren aus Böblingen und Krefeld nach Berlin gezogen sind und nun durch unerschrockenes Touristenmobbing hoffen, sich die Berliner Staatsbürgerschaft zu erschnoddern. Ob sie dabei Pleite gehen, scheint ihnen weitgehend egal.

In dem Moment verlässt Harry das Café, und wir unterhalten uns kurz. Wir sprechen über Judith Hermann. Er findet, ihr neues Buch habe leider Längen und sei nicht mehr so gut wie das Debüt. Wer Harry kennt, der weiß, dass er das so sehen muss, weil es auf Nummer 1 der Bestsellerliste steht. Ich erzähle ihm dann natürlich nicht, dass mich gerade Hermanns erster Erzählungsband, *Sommerhaus, später*, im Jahre 1998 ein bisschen mit Berlin versöhnte. Ich hatte davor nämlich gedacht, für mich sei der Zug längst abgefahren. Denn in der Provinz hatte man ja manchmal den Eindruck, in Berlin sei eigentlich immer Loveparade, aber nur an einem Tag des Jahres würde das Ganze im Fernsehen übertragen. Hermanns Erzählungen hingegen hatten mir das Gefühl gegeben, inzwischen sei die ganze Stadt überzogen von jener erschöpften Traurigkeit des alten Westberlin. »Super«, rief ich damals. »Da hat sich ja seit zehn Jahren gar nichts verändert! Die warten ja immer noch den lieben, langen Tag auf das Christkind, jetzt eben auch im ehemals russischen Sektor! Und Eberhard Diepgen ist endlich auch wieder da.«

Ich lag also in Frankfurt, wohin ich von Bonn gezogen war, eines Sonntagnachmittags auf meinem roten Sofa, die Beine über der Lehne baumelnd und ein Toffifee im Mund, und las diese Erzählungen von jungen Menschen, die so alt waren wie ich und die nachts durch Berlin zogen, immerzu warteten, sich auf Sofas lümmelten und höchstens mal darüber nachdachten, dass das Glück immer der Augenblick davor ist. Und mich überkam plötzlich eine so große Sehnsucht nach Berlin, dass ich mich aufmachte in die Stadt an der Spree, obwohl grauer November war. Ich war dann auf einmal bereit, die erschlagende Monstrosität der dröhnenden, zehnspurigen Frankfurter Allee schön zu finden. Wahrscheinlich weil die Ich-Erzählerin dort ewig hin- und herfährt. Der Grund für diese Reise war tatsächlich auch Judith Hermann, das verträumte Boheme-Foto hinten im Buchumschlag, und nicht die Stadt selbst. Es war also wieder eine Frau, die mich nach Berlin gelockt hatte, ganz genauso wie zehn Jahre zuvor Irina. Die zerfledderten blauen *Som-*

merhaus, später-Ausgaben, die ich dann in den Jahren darauf bei all den zugereisten Hessen, Schwaben und Rheinländern im Billy-Regal stehen sah, zeigten mir, dass ich zum Glück auch hier nicht der Einzige gewesen war. Zum Glück? Schon komisch, dass wir immer dann erleichtert sind, wenn wir andere finden, die es genauso gemacht haben. Kann das denn das Ergebnis von zwanzig Jahren antiautoritärer Erziehung und fürsorglicher Individualbehandlung sein, dass wir uns alle immer nach dem Kollektiv sehnen? Ich jedenfalls fand es, ohne Witz, völlig okay, mir in Berlin auf der Straße des 17. Juni eine Pudelmütze zu kaufen. Schließlich sah auch Judith Hermann auf dem nebligen Foto hinten im Buch aus, als sei es hier immer sehr kühl und als könne man sich dagegen nur mit Pelzkragen und Tom-Waits-Musik wappnen. Auf der Rückfahrt nach Frankfurt übte ich dann im spiegelnden Zugfenster zwischen Göttingen und Hanau, melancholisch zu gucken. Als mich eine Woche später meine Kollegen endlich fragten, warum ich denn so ernst geworden sei, wusste ich, dass ich nun bereit war für das große Berlin. Leider musste ich noch am Abend selbst darüber lachen, als ich zum ersten Mal die schwermütige Berliner Mütze in einem schlichten Frankfurter Spiegel sah.

Ich zog nach Charlottenburg und dachte mir nichts dabei. Ich konnte ja nicht ahnen, dass mich alle ab dieser Sekunde nur noch genau danach beurteilen und sagen würden: »So siehst du auch aus!« Ich war in einem Deutschland aufgewachsen, in dem jeweils im Sommer *Bunte* und der *Stern* herauszufinden versucht hatten, ob denn nun Hamburg oder München die heimliche Hauptstadt Deutschlands sei. Dabei ging es jedoch eigentlich nicht darum, welche Stadt gerade angesagter, sondern ob der HSV oder Bayern München Deutscher Meister geworden war. In Bonn kann man noch heute eigentlich überall wohnen, und weil dort der Druck, cool zu sein, nicht so groß ist, findet man spätestens bei der ersten Medizinerparty jemanden, der im selben Stadtteil lebt wie man selbst. Und in Frankfurt wollen ohnehin alle nur in das Viertel ziehen, wo man auch aus gesellschaftlichen und ästhetischen Gründen wohnen darf. Wenn man Fragen zu den angesagtesten Vierteln hat, kann man getrost seine Großeltern fragen. Die letzten Veränderungen fanden kurz nach 1945 statt, mit alliierten Bomberpiloten als Vorbereitern und dem deutschen Baustil der Fünfziger- und Sechzigerjahre als nahtlos folgendem Abschreckungspotential. Für München, Leipzig, Hannover, Hamburg und Köln gilt das Gleiche. In Berlin ist die Sache leider viel komplizierter.

Ich zog also nach Charlottenburg und dachte mir nichts dabei. Doch schon am Abend, nachdem ich den Mietvertrag unterzeichnet hatte, merkte ich, wie naiv das war. Ich war bei Matthias, und er hatte ein paar seiner Berliner Freunde zu Besuch. Als ich ihnen sagte, ich würde bald nach Charlottenburg ziehen, merkte ich an ihren Nachfragen, dass es ungefähr so cool war, im Jahre 1999 nach Charlottenburg zu ziehen wie 1992 nach Bonn. Immerhin war ich mir selbst treu geblieben. Aber das war auch alles. Das war übrigens der Abend, an dem ich Harry kennen lernte. Er sprach gerade mit einem Bekannten darüber, dass er jetzt umgezogen sei in eine Wohnung mit Gasetagenheizung, er habe nun lange genug mit Kohlen gefeuert. Er sei aber vor allem aus der Wohnung raus, da jetzt all die kleinen Beamtentöchterchen aus dem Westen ganz heiß darauf wären, in verschrabbelten Ostwohnungen mit Ofenheizung zu leben, damit sie daheim in Köln einen auf cool machen könnten. »Ich weiß, wie es ist, wenn einem im Winter das Wasser im Bad einfriert und man auf die öffentliche Toilette am Helmholtzplatz gehen muss«, so hörte ich ihn zu seinem Kumpel sagen, »diese jungen, verwöhnten Dinger denken bei eingefrorenem Wasser doch nur an San Pellegrino mit Eis.« Berlin, so ahnte ich, ist die einzige Stadt, in der man stolz darauf ist, wenn man die anderen in punkto Lebensstandard irgendwie noch unterbieten kann. »Winter«, so schreibt Tilmann Rammstedt in seinem Berlin-Buch *Erledigungen vor der Feier*, »war die Zeit, wo man mit Heißgetränken beisammensaß und über die Nebenkosten diskutierte.«

Ich traute mich dann nicht, darauf hinzuweisen, dass das Treppenhaus in meinem Charlottenburger Haus mindestens so verranzt und vollgesprüht war wie die in Mitte und Prenzlauer Berg. Ich wusste schon vorher, dass sie dennoch rufen würden: »Das gildet nicht.« Weil heruntergekommene Treppenhäuser ausschließlich im früheren russischen Sektor Kult waren, nicht aber in Harald-Juhnke-Land.

Der als Ankündigung getarnte Witz der Immobilienmakler und Vermieter war aber schon damals der gleiche in Ost wie West. Er ist sehr kurz und geht so: »Das Treppenhaus wird noch gemacht.« Beim ersten Mal glaubte ich noch dran, beim zweiten Mal begann ich zu zweifeln, beim dritten Mal dachte ich: Jaja, träum weiter. »Das Treppenhaus wird noch gemacht«, das ist die Berliner Immobilienmakler-Version des Satzes: »Ich könnte mir vorstellen, auch mal was ganz anderes zu machen.«

Einmal stand der Satz sogar in der Zeitung. Damals, als die Schauspielerin Anouschka Renzi gegen den Swinger-Club in ihrem Haus prozessierte. Ich verfolgte die Verhandlungen aufmerksam: Weil der Club immer auf den Rückseiten von Taxiquittungen warb, weil er bei *Wahre Liebe* von Lilo Wanders immer in Zusammenhang mit »der Phantasie sind keine Grenzen gesetzt« erwähnt wurde, und weil er in meiner Straße lag, nur drei Häuser weiter. Frau Renzi also beschwerte sich, dass sie im dreckigen Treppenhaus immer Männern im Bademantel begegnen würde. Und daraufhin sagte der Vermieter tatsächlich wortwörtlich, das Treppenhaus werde eh bald gemacht. Das sollte wohl heißen, wenn erst mal das Treppenhaus schön ist, dann wird es Ihnen eine Freude sein, dort Männern im Bademantel zu begegnen, die sich vorstellen könnten, auch mal was ganz anderes zu machen. Aber egal.

In meinem Haus war nie ein Swinger-Club gewesen. Zum Glück. Schon allein die RTL II-Filmchen über die braven Paare, die sich dort unterm Bademantel Ledertangas in Übergrößen anziehen und sich unter Aufsicht betrügen, machen mich immer unglaublich traurig. In meinem Haus war etwas viel Besseres geschehen. In meinem Haus tanzte Sonja Kirchberger mehrere Tage lang auf einem Tisch – und zwar ohne Bademantel. Die Vermieterin erzählte mir das sehr stolz. Oben, im Dachgeschoss, wo jetzt diese Galerie sei, da sei jedenfalls vor ein paar Jahren der Film *Die Venusfalle* gedreht worden. Ich erinnerte mich daran, dass Sonja Kirchberger nicht nur nackt aus einem Seerosenteich auftauchte, sondern auch, dass sie sich immer wieder nackt aus einem weißen Tischtuch wickelte und über dem Kopf des Mannes tanzte. Diese Geschichte überzeugte mich sofort, und ich unterschrieb den Mietvertrag trotz horrender Nettokaltmiete. Auch wer noch nie etwas von Feng Shui und Karma gehört hatte, konnte leicht davon überzeugt werden, dass ein Haus, in dem Sonja Kirchberger tagelang splitterfasernackt über den Parkettfußboden gekrochen war, noch Jahre später vor erotischer Energie geradezu vibrieren musste.

Schon an meinem ersten Abend in der Wohnung ging es los. Ich hörte erst langsame, tiefe, dann immer lautere Schreie. Tags darauf hallten die Schreie schon am Nachmittag durchs Treppenhaus. Als ich in den Hof ging, um Müll in die Tonne zu werfen, traf ich die Hauswartfrau, die mir sagte, die arme Frau Maier über mir habe ja seit Tagen wieder so furchtbare Gelenkarthrose.

Peinlich berührt erzählte ich dann künftig niemandem mehr davon, dass in meinem ehrenwerten Haus *Die Venusfalle* mit Sonja Kirchberger gedreht worden war. Komischerweise hatte das ohnehin nie eine Reaktion hervorgerufen, ich weiß bis heute nicht, ob wirklich so wenige diesen Film gesehen oder ob alle Angst hatten, von ihrer Freundin unterm Tisch einen Tritt zu bekommen, wenn sie mit zu leuchtenden Augen Ja gesagt hätten.

Vielleicht hätte ich meinen Freunden lieber erzählen sollen, dass ich eines Nachts aufwachte, weil mir die Taschenlampe eines Polizisten ins Gesicht schien. Er stand samt Kollegen, der gerade seine Pistole wieder in den Gurt steckte, vor meinem Bett und weckte mich mit dem überraschenden Guten-Morgen-Satz: »Sind Sie unverletzt?« Ich blickte auf den Wecker, es war etwa halb fünf. Ich wollte gerade reflexhaft beginnen, mich für die Unordnung in meinem Zimmer zu entschuldigen, als mir einfiel, dass ich sie unbedingt noch fragen musste, warum sie morgens um halb fünf bewaffnet vor meinem Bett stünden. Sie hätten zuerst Küche, Flur und Wohnzimmer durchsucht und seien dann auf mich gestoßen, sagten sie. Ob ich hier wohnen würde. Ich antwortete mit Ja. Dann erklärten sie mir, dass die Wohnungstür offen gestanden und die Zeitungsausträgerin die Polizei gerufen habe. Sie habe Angst gehabt, ihr Abonnent sei eventuell entführt worden. Offenbar wurde im Berliner Zeitungskrieg inzwischen nichts mehr für unmöglich gehalten. So etwas konnte man also damals in Charlottenburg erleben.

Deshalb lächelte ich immer nur müde, wenn mir meine Freunde erzählten, wie cool es früher im Osten war. Damals traf man sich nachts, um über die Dächer zu spazieren und dort oben gemeinsam Rotwein zu trinken oder um in irgendwelche illegalen Bars zu gehen, die nur zu bestimmten Wochentagen aufhatten. Nein, ich habe diese peinliche Geschichte mit der offen gelassenen Tür natürlich niemandem erzählt. Denn sonst hätte ich mir anhören müssen: »Na, da hast du aber Glück gehabt, dass du im Westen wohnst. Im Osten wäre deine Bude ausgeräumt worden.« Noch rühmten alle, die im Osten wohnten, eine höhere Kriminalitätsrate als positiven Standortfaktor. Sie kamen sich dann alle besonders mutig und jung vor, wenn sie das mit den verkehrsberuhigten Tempo-30-Zonen in den Vororten von Düsseldorf und Hamburg verglichen, in denen ihre Eltern wohnten.

Das begann sich dann erst langsam zu ändern, als ihr erster eigener Wagen zum zweiten Mal mit einem Nagel zerkratzt war und sie Kinder bekamen. Plötzlich schätzen sie Viertel, in denen man nachts die Wohnungstür offen stehen lassen kann. Doch so weit war es 1999 noch nicht. Damals hätte auch ich gerne in einem Haus gewohnt mit super Einschusslöchern aus den letzten Tagen des Zweiten Weltkriegs. Ich hätte auch viel lieber eine Telefonnummer gehabt, die mit einer Vierundvierzig beginnt und nicht mit einer Einunddreißig, denn bei jeder neuen Bekanntschaft warf mich das anerkennungsmäßig deutlich bis etwa ins ehemalige Zonenrandgebiet zurück. Ich hätte auch so gerne gesagt: »So ein bisschen Baulärm gehört für mich einfach dazu in Berlin.« Und ach, wie gerne hätte ich nicht mehr auf den Satz »Berlin soll ja so spannend sein« von Freunden aus der alten Heimat mit »teils, teils« geantwortet und auf die Frage, ob ich in einem dieser Lofts lebte, nicht mehr mit »nicht direkt«. Und wenn sie mich besuchten, hätte ich ihnen gerne wie meine Freunde im Osten den lässigen Rat gegeben, im Bad den und den Schalter so lange zu drücken und die und die Schraube etwas nach links zu drehen, dann werde das Wasser meist warm.

Damals, 1999 also, wohnten die meisten noch stolz im Osten. So durfte ich bei den allabendlichen Diskussionsrunden in den Bars die Rolle des bräsigen Westberliners übernehmen. Es war wichtig, dass der Freundeskreis ein bisschen über die Stadt verteilt war, denn nur so konnten alle Rollen ideal besetzt werden. Ich hatte mir immer den Satz zurechtgelegt, dass es im Westen richtig schöne Wohnungen gebe, denn die Ostberliner waren mit ihren Wohnungen, zumindest mit den Heizungen, meist nicht wirklich glücklich. Nachdem die anderen dann hundertzwanzig Minuten lang in punkto Nachtleben, In-Faktor, Kult-Faktor, Start-up-Dichte, Loft-Häufigkeit, Illegale-Clubs-Dichte, Coffee-Shop-Menge, Siebzigerjahre-Designläden- und – seit neuestem – Schuhläden-Anzahl ihre Trümpfe ausgespielt hatten, war das mein einziges Ass, mit dem ich immerhin drei Minuten lang brillieren konnte. Sie sagten dann: »Okay«, und wir zogen weiter, in eine andere Bar in Mitte oder Prenzlauer Berg. Spätnachts gingen sie dann in ihre Wohnungen um die Ecke, und ich trat meine Weltreise heim in den Westen an. Ich hatte nie die Chance, irgendeine hübsche Frau im Wagen mitzunehmen, weil von den hübschen Frauen eben nun mal nie eine im Westen wohnte. Wenn ich dann allein ins Auto, die S-Bahn oder ins Taxi stieg, sagte ich zum Abschied tapfer: »Ach, macht nichts, dann komm ich noch ein bisschen an die frische Luft.« Ich weiß, das hat mir nie einer geglaubt.

Ich war so spät nach Berlin gezogen, dass Harry irgendwann einmal mitleidig beschlossen hatte, mich aufzuklären. Er beschrieb mir dann, wie es war, damals im Osten, als die zugezogenen jungen Wessis immer im Ostgut einkauften und ihr Bier im Obst & Gemüse tranken, um gut Wetter zu machen. Doch leider sei ja jetzt der Osten fast ganz in westlicher Hand, die Mieten seien inzwischen so hoch, dass viele ehemalige Bewohner immer weiter nach Norden ziehen müssten, hinter die Stargarder Straße. Helmholtzplatz und Kollwitzplatz seien für ihn natürlich total tabu, seit es dort Einrichtungsläden gebe, in denen man große Sofakissen und schmiedeeiserne Zeitungsständer kaufen könne. Dann wird Harry ein bisschen traurig, es war schon aufregend damals, sagt er, als man abends im Mauerpark saß, schaukelte, Rotkäppchensekt trank und die Sonne glühend untergehen sah – und dabei noch keine Angst haben musste, vom *Spiegel*-Fotografen für die nächste Geschichte über die »Boomtown Berlin« fotografiert zu werden. Aber heute hätten ja selbst die Kellner in Mitte überall Schürzen an, und die jungen Frauen in ihren khakifarbenen Cargohosen rauchten keine Cabinet oder wenigstens Nil mehr, sondern Marlboro-Mainstream-Light. Es sei fürchterlich, das habe es früher nicht gegeben.

Harry drängte mich wahnsinnig in die Defensive. Mir war peinlich, dass auch die Kellner in den Cafés am Savignyplatz weiße Schürzen trugen. Und noch peinlicher war mir, dass ich samstagvormittags achtlos an durchgesessenen Sesseln vorbeiging, die in der Bleibtreustraße beim Sperrmüll standen, obwohl ich es dann abends nicht erwarten konnte, in genau diesen Sesseln in einer kleinen Wohnzimmerbar im Osten zu sitzen.

Ich schwieg zu alldem. Und verpasste die entscheidende Trendwende, wahrscheinlich weil ich die ganze Zeit mit Harry redete. In anderen Städten mag das verzeihlich sein. In Berlin nicht. Denn in Berlin reden Menschen zwischen zwanzig und vierzig, wenn sie nicht gerade auf irgendetwas warten, die meiste Zeit darüber, welcher Stadtteil gerade besser als der andere ist und wer jetzt warum wohin gezogen ist. Zwei mühsame, lange, schwere, bedrückende Jahre lang hatte ich das Fähnchen des Westens hochgehalten, doch dann gab ich irgendwann resigniert auf. Zu oft traf mich dieses Grinsen, zu oft dieses »Das habe ich mir gleich gedacht«, wenn ich gestand, wo ich wohnte. Zu oft musste ich erkennen, dass es bei mir weit und breit keinen einzigen Coffeeshop gab, wo man Kaffee im Pappbecher in Medium, Double Medium oder Super Grande kaufen konnte, und kaum einen Mann mit dicker, schwarzer Brille und keinen Friseursalon mit lauter Housemusik.

Ich beschloss umzuziehen. Nachdem ich an einem verregneten Sonntagnachmittag im Oktober beim Spazierengehen einen Abstecher zur real existierenden Tristesse zwischen Bahnhof Zoo und Tauentzien gemacht und dabei festgestellt hatte, dass mein legendäres Sonja-Kirchberger-Haus nur genau zweihundert Meter Luftlinie von jener Albtraumpension in der Kantstraße aus Schülerzeitungstagen entfernt war, an deren zähflüssige Dosenmilch ich mich noch heute erinnere. Ich hatte mich also in vierzehn Jahren mental nur genau zweihundert Meter bewegt. Das war hart. Ich beschloss: Osten, ich komme! Siegesgewiss lächelnd empfing ich die Kartonträger von der Steglitzer Umzugsfirma. Als sie erfuhren, wohin der Umzug gehen solle, lächelten auch sie und sagten: »Na, mal gucken, wann wir die ganzen Sachen wieder in den Westen zurückschleppen.« Ich ließ mich davon nicht beirren und dachte nur: Haben die eine Ahnung!

Kurz nach meinem Umzug sprach ich in Kopenhagen durch Zufall mit einer älteren Dame. Sie fragte mich, wo genau ich denn in Berlin wohnen würde. Ich sagte: »Prenzlauer Berg.« Da antwortete sie: »Das habe ich mir gleich gedacht.« Ich hätte in diesem Moment gerne geschrien.

In den Wochen darauf erzählte mir erst Christoph, er ziehe jetzt nach Kreuzberg, und dann Christian, er habe jetzt eine tolle Wohnung in Charlottenburg entdeckt. Philipp zog fieserweise sogar ohne Umweg direkt dorthin. Sie sagten dann alle immer so etwas wie: »Du findest mich jetzt bestimmt spießig, aber mir ist es auf einmal irgendwie wichtig, dass es einen guten Bäcker um die Ecke gibt und einen guten Schuster. Dieses ganze Mittegetue ist mir zu anstrengend.« Na bravo. Als plötzlich alle abends darüber diskutierten, wie man am besten das Berliner Zimmer nutzen könne, ob als Ess- oder besser als Wohnzimmer, da konnte ich nicht mehr mitreden. Ich sitze nun in Prenzlauer Berg und suche einen Schuster und einen Bäcker. Und habe wieder so lange gebraucht, auf den Trend aufzuspringen, bis er schon wieder fast um die Ecke war.

Doch diesmal habe ich mir geschworen zu bleiben. Auszuharren. Und sei es bis zum Ende des einundzwanzigsten Jahrhunderts. Das mag vielleicht kurios wirken. Aber ich habe vor kurzem in *brandeins* gelesen, dass die ersten und die letzten Vertreter einer Mode immer kurios wirken. Diesmal habe ich mir das Ziel gesteckt, der Erste zu werden. Der Erste, der bleibt. Ich habe mir schon vorsorglich einen Anwohnerparkausweis besorgt, bevor all die anderen kommen. Bislang sind sie noch nicht zurückgekommen, aber ich denke, Montag wird es losgehen. Wenn Prenzlauer Berg an der Börse wäre, gäbe es jetzt sicherlich sehr günstige Einstiegskurse. Ich bin Antizykliker und warte einfach, bis der Osten wieder Trend wird. Bis man sich wieder im französischen und britischen und amerikanischen Sektor nach Latte Macchiato sehnt. Bis alle wieder »Visionen« haben wollen, dicke, schwarze Brillen und Frisuren, denen man nicht ansieht, wie viel Mühe darauf verwendet wurde.

Oder sollte irgendwann der Moment kommen, wo der Trend wieder in Richtung Milchkaffee zurückkippt? Wenn alle nicht mehr aus länglichen Gläsern ihr Hellbraun trinken, sondern aus Keramikbechern in fröhlichen Farben so groß wie Waschschüsseln? Erste Anzeichen kann man schon sehen. Plötzlich liegt nämlich auch neben dem Latte-Macchiato-Glas ein einzelnes winziges Mandelplätzchen auf dem Unterteller. So hatte es früher mit den riesigen Milchkaffee-Schüsseln in den Bonner Studentencafés auch angefangen. Wenig später trank dann niemand mehr Milchkaffee. Ist das kleine Mandelplätzchen also das erste Symbol für den drohenden Niedergang? Für den Niedergang des Latte Macchiato? Oder gar den Niedergang Berlins? Beides scheint miteinander verbunden zu sein. Denn man muss den flaumigen Schaumgeschmack des Latte Macchiato endlich davon lösen, dass er zwei Sommer lang immer dann serviert wurde, wenn der Kellner gerade die CD von Buena Vista Social Club eingelegt hatte. Ganz so deutlich hätte es Berlin ja nicht sagen müssen, dass es sich als Wirtschaftsstandort offenbar nur noch mit Havanna zu vergleichen wagt.

So lässt sich auch erklären, warum die ewigen Diskussionen über die beste Bar, den neusten Kleiderladen und das hippeste Viertel inzwischen abgelöst wurden, abgelöst von einem traurigen Thema: Plötzlich höre ich von immer mehr Freunden, dass Berlin zwar immer noch die Stadt sei, in der sie am liebsten leben würden. Doch für VWLer gibt es in Frankfurt und Düsseldorf viel mehr Stellen, die Werbeleute zieht es nach Hamburg und die Ärzte und Galeristen in die Schweiz. Mal gucken, wie lange das gut geht. Als Harry das Café Strandbad-Mitte verlässt, erzählt er mir, dass auch er jetzt aus Berlin weggezogen sei. Er könne das ganze Getue nicht mehr ertragen und lebe seit kurzem in Leipzig, und nicht etwa wegen der Olympiade.

Ah ja, denke ich und blinzle in die Sonne, während ich mir eingestehe, wie schön eigentlich das Geräusch der Milchaufschäummaschine ist, wenn es für eine Sekunde das Löffelklirren und das leichte Frühsommergeplauder im Innern des Cafés übertönt. Noch schöner ist eigentlich nur das langsame Ratschen des Reißverschlusses, wenn man ihn abends von innen im Zelt runterzieht und sich dann im Schlafsack zurechtkuschelt. So wie früher, als ich mit Vati im eigenen Garten campte oder, später, als im Zelt das schönste Mädchen der Welt steckte, das ein bisschen fror und kalte Füße hatte. Wahrscheinlich ist die tiefe menschliche Sehnsucht nach Kaffee allein aus dem Gefühl heraus geboren worden, den Geschmack im Mund zu vertreiben, den man hat, wenn man morgens in einem Zelt aufwacht und abends zuvor keine Lust mehr gehabt hat, sich noch zu den ekligen Waschanlagen zu schleppen. Und wenn man merkt, dass es jetzt keine sonderlich menschenfreundliche Idee wäre, in diesem Zustand jemanden mit einem Kuss auf den Mund zu wecken.

Die Sonne scheint, es ist diese Christo-und-Jeanne-Claude-Buena-Vista-Social-Club-Berlin-Mitte-Prenzlauer-Berg-Sonne. Gegenüber vom Café Standbad-Mitte hängt seit einem Jahr das Plakat einer Immobilienfirma, die händeringend »Lofts von 100 bis 200 m² mit Hauptstadtflair« vermieten will. Wenn in Berlin Hoffnungen Wirklichkeit werden sollen, müssen sie sich immer in wenigen Worten auf einem Plastikplakat zusammenfassen lassen. Und wenn dann die Hoffnungslosigkeit Einzug gehalten hat, kann sie der Immobilienentwickler gleich wieder einrollen, in den Kofferraum des noch lange nicht abbezahlten Mercedes-Jeeps legen und damit gleich zum Insolvenzanwalt weiterfahren. Ich frage mich, ob das ein gutes Zeichen ist, wenn das Zentrum der Berliner Republik provisionsfrei zu vermieten ist. Aber verglichen mit den schäbigen orangefarbenen Schildchen, die in Charlottenburg und Wilmersdorf inzwischen in den Ladenlokalen hängen, also »Gewerbe-Immobilie kautionsfrei – frei sofort«, hat das immerhin noch eine gewisse sprachliche Eleganz.

Klaus, der gerade reinkommt, weil er nebenan, mitten im Hauptstadtflair, arbeitet, schiebt die Sonnenbrille ein bisschen hoch auf den geschorenen Schädel und sagt, er müsse jetzt dringend los, heute Abend fliege er zurück nach New York. Das sei eigentlich ideal, weil man nicht in Berlin sein müsse und einen die Leute doch die ganze Zeit anerkennend in die Seite kniffen, weil man ja aus Berlin käme.

Das schien ein paar Jahre lang der perfekte Weg, von Berlin zu profitieren: Man fuhr ins Ausland oder in die deutsche Provinz und sagte dann, man müsse jetzt aber wieder dringend zurück nach Berlin. Da gebe es eine wichtige Premiere im Deutschen Theater. Oder da lege der und der auf. Oder da eröffne eine wichtige Ausstellung in der Auguststraße. Das war ungefähr so cool, wie wenn man beim Rauchen lässig Kringel produziert und dabei auch den zweiten Hemdknopf offen hat. Doch irgendwann Anfang des einundzwanzigsten Jahrhunderts hat das leider zu kippen begonnen, und wir suchen nun nicht mehr nur nach angesagten Wohnorten, sondern plötzlich auch nach Arbeitsplätzen. Und junge

Menschen aus Köln und Hamburg, München und Stuttgart fangen plötzlich mit einem blöden, trotzigen Lokalpatriotismus an: Das sei ja alles schön und gut in Berlin, ja, für ein Wochenende vielleicht, aber, mal ehrlich, so sagen sie dann, »leben könnte ich da nicht«.

Klaus kommt Mitte inzwischen vor wie ein einziger Themenpark. Alle haben mit Kultur und Kunst und Design und Medien und alle ausschließlich miteinander zu tun. Alle denken sich Projekte aus oder lustige Namen für Bars. Wenn sie klingen wie DDR-Landwirtschaftskombinate oder Reinigungsmittel aus der Adenauerzeit, finden das alle am lustigsten. Alle sind die ganze Zeit furchtbar entspannt und tragen ihre Schlüssel an riesigen Bändern um den Hals. Es gibt im Themenpark Mitte nur Schauspieler, Regisseure, Bühnenbildner, und alle werkeln herum – nur leider gibt es kein Publikum, also niemanden, der zahlt. Das ist eigentlich tragisch. Aber irgendwie auch schon wieder lustig. Als Projekt zumindest.

Mich erinnert das ein bisschen an die drei Friseure in meiner Straße, damals in Charlottenburg. Immer wenn ich vorbeikam, färbten sich die Auszubildenden gegenseitig die Haare. Daran merkte ich, dass die Wirtschaftskrise jetzt unweigerlich in der Subventionshauptstadt angekommen war. Meist sahen die Azubis danach so schlimm aus, dass sie sich gleich am nächsten Tag wieder mit Alufolie im Haar in die Stühle setzten und so sehr mit sich selbst beschäftigt waren, dass man als Kunde das Gefühl gehabt hätte zu stören. Nachdem dann ein paar Monate lang niemand mehr gestört hatte, machte einer nach dem anderen zu.

Das Tolle am Themenpark Mitte ist, dass sich alle nur gegenseitig die Haare färben und niemand dabei stören will, es aber komischerweise immer noch weiter geht. Vielleicht liegt das daran, dass Maybrit Illner alle Rechte an *Berlin Mitte* für teuer Geld gekauft hat und dass das ZDF an alle Bewohner jetzt wöchentlich Verzehrgutscheine ausgibt. Die vom Sozialamt koordinierte Aktion läuft unter dem Motto: »Mit dem Zweiten isst man besser.« So ist ganz Mitte zu einer Talkrunde umfunktioniert worden.

Ich blättere ein bisschen in den Zeitschriften, die im Café ausliegen. Früher war Berlin immer in den Zeitungen mit Artikeln über die Loveparade, über die neuen Hochhäuser am Potsdamer Platz und darüber, ob es im Borchardt oder in der Paris Bar das größere Schnitzel gibt. Und mit Debatten darüber, ob jetzt erst die Russen zurückkommen, das Stadtschloss oder die Zwanzigerjahre. Das waren die sieben fetten, sonnigen Jahre Berlins, zwischen Christo-und-Jeanne-Claude und dem traurigen Septemberabend 2002, als Gerhard Schröder zu seiner eigenen Überraschung erneut zum Bundeskanzler berufen wurde. Dann wurde Berlin wieder überall erwähnt, zuerst, weil es jetzt die Serie *Berlin, Berlin* mit Lolle gibt, und dann, weil es jetzt wirklich und endgültig pleite ist. Und das hat sich inzwischen auch bis Stuttgart und Oberhausen herumgesprochen. Und so liest man eigentlich nur noch über das Hotel Estrel. Das hat zwar keinen Glamour, aber viel Platz, und weil es so groß ist, kann von dort *Wetten, dass...?* gesendet und der »Bambi« verliehen werden. Das Hotel Estrel sieht so aus, als liege es etwa in Gütersloh oder Heilbronn, steht aber in Neukölln. Das allerdings wird in keinem Artikel erwähnt. Ist das etwa ein kleines Hoffnungszeichen dafür, dass auch die Berliner Stadtvierteldiskussion ihren Höhepunkt überschritten haben könnte? Obwohl, wenn ich es so recht bedenke, gehört der Satz, dass es müßig sei, sich den ganzen Abend über die verschiedenen Stadtviertel zu unterhalten, eigentlich von Anfang an zu einer zünftigen Berliner Stadtvierteldiskussion dazu.

Aber vielleicht gehört dieses Thema wirklich bald der Vergangenheit an, denn Zeichen west-östlicher Entspannung zeigen sich auch samstagmorgens in den Cafés in Prenzlauer Berg. Da der Ureinwohner noch schläft, sieht man dort vor allem zwei Personengruppen: junge Zugereiste aus dem Westen der Republik, die jetzt das erste Mal Besuch haben von ihren Eltern. Die Eltern wohnen dann meist in Hotels in Westberlin und treffen ihre Kinder zum Frühstücken in einem Ostberliner Café. Man hat das Gefühl, dass das allen ganz recht ist, sieht man mal von den Söhnen und Töchtern ab, die doch sehr froh sind, wenn sie mit ihren Eltern endlich losgehen in Richtung Museumsinsel und bis dahin keine Freunde vorbeigekommen sind, denen man die Mutter, die aussieht wie eine fünfundfünfzigjährige Golfspielerin mit Gucci-Sonnenbrille und schwarzer Steppjacke, hätte vorstellen müssen. Während wir es also gerade noch so hinbekommen haben, uns zumindest äußerlich mit unseren Generationsgenossen aus dem Osten zu vermischen, klafft die Schere bei unseren Eltern weiter auseinander denn je. Die Westfrauen sind sehr braungebrannt und selbstzufrieden, trinken ihren Kaffee und freuen sich, dass es nun auch im Osten Einrichtungsläden gibt, in denen sie bestickte Kissen kaufen können und teure Badezimmeraccessoires für das Kind. Der Vater flüstert derweil mit dem Sohn verschwörerisch, meist geht es um den Kauf von Eigentumswohnungen. Neben diesen Eltern-Kind-Kleingruppen sind noch viele Stühle frei, doch dann kommen

Pärchen, beste Freundinnen oder Einzelne, die mit dem Kuli die Wohnungsanzeigen im *Tagesspiegel* durchforsten und dann mit dem Handy Besichtigungstermine ausmachen. Und das Lustige ist, dass sie also in Prenzlauer Berg sitzend nicht nur Termine zwei Straßen weiter ausmachen, sondern genauso in Schöneberg und Kreuzberg, und in zwei Jahren, würde ich mal tippen, bestimmt auch in Charlottenburg. Offenbar hat es sich inzwischen bis Karlsruhe herumgesprochen, dass es zwar ganz cool sein kann, in Friedrichshain zu wohnen, wenn man aber einen Studienplatz an der FU in Dahlem hat, könnte man auch nach Cottbus ziehen, das liefe von der Fahrtzeit aufs Gleiche hinaus.

So ist also auch das Märchenland des Berliner Ostens Teil der Wirklichkeit geworden. Prenzlauer Berg und Mitte werden jedenfalls in den Zeitschriften nur noch genannt, wenn es um sanierte Gründerzeithäuser geht, die in Berichten über windige Immobilienprojekte abgebildet sind. Meist spielt Karsten Speck dabei eine unklare Rolle, und die arme Grit Boettcher hat dabei ihre ganze Altersvorsorge verspekuliert. Ich kann mir denken, mit welchem Satz die Immobilienbetrüger Grit Boettcher rumgekriegt haben, ich tippe mal auf: »Das Treppenhaus wird noch gemacht.« Aber egal, so haben wir endlich wieder ein neues Gesellschaftsspiel: nachmittags in den Straßen die Häuser zu entdecken, von denen wir vormittags gelesen haben, dass sie zwangsversteigert werden. So kommt man wenigstens mal wieder ein bisschen in seinem Viertel rum.

1 KURZMITTEILUNG EINGEGANGEN

Das Handy als Kommunikationsverhinderer. Ich rufe dich nachher noch mal von unterwegs an. Du musst mir unbedingt deine neue E-Mail-Adresse geben. Habe ich das Aufladegerät dabei? Plus: Eine kleine Erinnerung an die Telefonzelle.

»Rate mal, mit was ich dich gerade anrufe«, sagte Marco triumphierend. Ich kapierte nicht ganz, was er meinte, außerdem konnte ich ihn kaum verstehen, es rauschte so sehr. »Ich habe jetzt ein Handy und rufe dich gerade von unterwegs aus an.« Dass das Gespräch dann zwei Sekunden später ohne ersichtlichen Grund einfach abbrach und es in meiner Leitung nur noch hektisch tutete, tat nichts zur Sache. Ich war schwer beeindruckt.

Alles fing damit an, dass man plötzlich bei der Post, die damals noch schön gelb war und nicht ahnte, dass sie einmal Deutsche Telekom heißen und schrecklich pinkfarben sein würde, nicht nur

Telefone in Weinrot, Olivgrün, Beige und Dunkelblau kaufen konnte, sondern dass es plötzlich in den ersten Büros und Wohnungen Telefonbuchsen gab, in die diese drei schwarzen Stecker in Seepferdchenform passten: In die eine Buchse kam das Telefon, daneben der neumodische Anrufbeantworter, der schon zwei Monate nach seiner Geburt bevorzugt in den WGs nur noch »AB« genannt wurde, und in die dritte Buchse konnten die ganz Modernen ein Faxgerät stecken. Mit dieser weißen Dreifachbuchse begann das deutsche Telekommunikationszeitalter. Manchmal frage ich mich, ob es eigentlich wirklich besser geworden ist, seit wir nun ISDN haben, UMTS und TDSL und wie der ganze Großbuchstabenquatsch so heißt.

Aber alle drei Bewohner der Dreifachbuchse haben inzwischen ein trauriges Schicksal erlitten. Sie stehen kurz vor ihrem Verschwinden. Und dabei dachten wir, als es mit dem Faxen begann, dass nun die Geschichte neu geschrieben werden müsse. Nachdem ich mir endlich ein Fax gekauft hatte, weil ich keine Lust mehr hatte, elf Mark (ich schwöre, so teuer war das) für das Versenden einer einzelnen DIN-A4-Seite in der Bonner Hauptpost zu zahlen, stellte sich mir das große Problem, dass außer der Redaktion, der ich einmal die Woche eilige Texte faxte, niemand ein solches Gerät besaß. Um möglichst viel auf eine Seite zu bekommen, schrieb ich mit Schriftgröße acht Punkt, was Frau Ruppel, als sie einmal eines meiner Faxe abtippen musste, dazu veranlasste, sich von mir eine Lupe zu wünschen. Es dauerte Monate, bis ich auch meinen Bruder, den Philosophen, dazu überreden konnte, sich ein Fax zu besorgen. Bis man wirklich eine Seite versenden konnte oder bekam, waren dennoch Vorbereitungen wie für den Staatsbesuch des amerikanischen Präsidenten nötig. So musste ich erst bei ihm anrufen und sagen, dass ich jetzt ein Fax schicken würde, damit er in seiner Telefonbuchse irgendetwas umstecken konnte. Dadurch ging natürlich der Überraschungseffekt eines lustigen Fax etwas verloren. Zwei Minuten, nachdem ich die Nachricht gesendet hatte, rief ich dann bei ihm an, um zu erfahren, ob es angekommen sei. Doch meist hatte er noch nicht wieder umgestöpselt, und so kreischte mir dieser fiese Ton ins Ohr, der sich anhört, als trete man mit Wanderschuhen einer Maus auf den Schwanz. Zehnmal rief ich dann mindestens an, zehnmal hatte ich leider nur mit diesem unangenehmen Geräusch das Vergnügen. Mein Bruder glaubte wahrscheinlich immer, ich würde ganz viele Faxe schicken. Ich musste ihm also ein zweites Fax senden, in dem ich ihn bat, das Gerät endlich auszustecken. Doch meist war seine Papierrolle schon bei meinen ersten Seiten ausgegangen, sodass er, in der Hoffnung, ich oder jemand anderes wolle ihm ein sehr wichtiges Dokument schicken, erst einmal aus dem Haus ging, um Thermopapier zu kaufen. Zurück mit der neuen Rolle, versuchte er, der bekannten Faxpapier-Gebrauchsanleitung von Mike Krüger zu folgen: Man muss den Nippel durch die Lasche ziehen und an 'ner kleinen Kurbel ganz nach oben drehen. Dabei zog man meist das Papier schief ein, es verknitterte fürchterlich, und dann begann das Gerät hektisch und herzerweichend zu piepen. Man brauchte häufig drei Anläufe, bis man es wirklich gerade unter der Walze durchgezuppelt hatte. Nach anderthalb Stunden Arbeit war das Gerät meines Bruders wieder arbeitsfähig, und mein Fax ging durch, wie man seit damals so sagt. Leider kam dann nur die Seite mit dem Satz: »Schalte bitte endlich das Faxgerät aus!«

Trotz allem glaubten wir, dass diese Erfindung die Welt verändern werde. Doch als dann jeder mindestens einmal in der Woche voller Bewunderung ausrief: »Unglaublich, wie das früher alles ohne Faxgerät ging!«, da war die große Zeit ehrlich gesagt auch schon wieder vorbei. Sie ist ungefähr identisch mit der aktiven Laufbahn von Lothar Matthäus.

Auch der Anrufbeantworter war vor allem in der Anfangszeit ein großer Spaß, wenn an Geburtstagen Tanten oder Großmütter ihn besprachen, die das noch nie getan hatten. Manche riefen dann laut und fragend in den Hörer, auf eine Antwort hoffend. Andere wurden ganz formal: »Dies ist eine Nachricht für meinen Enkel.« Manchmal hörte man auch, wie die Tante sich resigniert an den Onkel wandte: »Da ist nur das Band dran, soll ich draufsprechen?« Doch meist legten sie alle einfach auf. Und das frustrierte dann, wenn man spät nach Hause gekommen war und – während man sich in der Küche noch ein Brot schmierte – hörte, dass der Anrufbeantworter den Tag über fast nur hektische Tutgeräusche aufgezeichnet hatte. Wohl aus Frust über dieses Tuten gingen dann viele dazu über, ihren Anrufbeantworter mit besonders lustigen oder tiefsinnigen Sprüchen zu besprechen. Beliebt war: »Haben Sie heute schon gelebt? Wir versuchen es gerade.« Gerne wurde auch die Ansage mit Musik von den Eurythmics unterlegt. Doch das hörte zum Glück bald auf. Auch die Marotte, auf den Anrufbeantworter erst einmal die Telefonnummer zu sagen, wurde gottlob wieder abgelegt, denn schließlich kennt man die Nummer, man hat sie ja gewählt. Und wenn man sich wirklich verwählt hätte, dann würde die Ansage »Das ist Berlin 92343870« auch nicht wirklich weiterhelfen.

Inzwischen spielt der Anrufbeantworter eigentlich kaum noch eine Rolle. Ist jemand nicht zu Hause, dann versucht man es gleich auf dem Handy und hinterlässt höchstens auf der Mailbox des Handys eine Nachricht. Zu Hause aufs Band zu sprechen ist nur noch in deutschen Krimis in. Entweder verenden da gerade aus Liebeskummer blonde Frauen am Küchenboden, während der Retter auf den Anrufbeantworter spricht und um Verzeihung bittet, oder aber die Polizisten stürmen in eine leere Wohnung, drücken auf das blinkende Gerät, hören die Nachrichten ab und wissen zwei Minuten später, wer der Mörder ist. Dass der Anrufbeantworter jetzt so oft in Krimis eine tragende Rolle übernimmt, ist ein ganz schlechtes Zeichen. Es sieht nicht gut aus für ihn. Da sollte er mal seine Kollegin, die Telefonzelle, fragen, die hat das Spielchen schon hinter sich.

Wenn man nämlich eine lebendige Telefonzelle sehen will, dann muss man sich am besten nachts einen *Tatort* aus den Siebzigerjahren anschauen. Damals war die Zelle noch ein Glaskasten mit gelbem Deckel und schwerer Tür, die man mit Gewalt aufschieben musste und die dann so langsam zufiel, dass sie noch halb auf war, wenn man schon die ersten zwei Münzen eingeworfen hatte. In den Krimis steht sie immer am Rand einer blassgrünen Wiese. Entweder flüchtet sich eine Frau hinein, der der Regen die Frisur zerstört hat, und ruft mit allerletzter Kraft die Polizei an. Oder, noch öfter, schleicht eine undurchsichtige Gestalt in die durchsichtige Telefonzelle und tuschelt irgendetwas sehr energisch in den Hörer, was zwei Polizisten aus einem in der Nähe geparkten Polizeiwagen beobachten. Dann verlässt der Mann die Zelle, wirft seine Kippe auf den Boden, zertritt sie mit Nachdruck, und dann guckt er wirklich jedes Mal komisch um sich. Da er keinen sieht, glaubt er, er sei allein auf weiter Flur. Das ist sehr, sehr dumm, denn es stehen ihm ja nicht nur die Polizisten, sondern auch noch der Kameramann und die Beleuchter direkt gegenüber.

Auch in französischen Autorenfilmen spielt die Telefonzelle eine bedeutende Rolle. Meist hetzen da Jeanne Moreau oder andere verhuschte Frauen hinein, werfen Münzen ein, irgendwo springt der Anrufbeantworter mit männlicher Stimme an, sie überlegen, ob sie etwas sagen sollen, sagen dann aber doch nichts und hängen ein. In der nächsten Sequenz sieht man den Mann, bei dem es gerade klingelt und der sich die ganze Zeit überlegt, ob er abnehmen soll. Er entscheidet sich dann doch, das Gespräch anzunehmen, greift zum Hörer – und gerade in dieser Sekunde hat die depressive Frau in der Zelle aufgelegt. Er hört es nur noch tuten. Das Ganze nennt man dann »film noir«. Wenn der Mann doch noch rechtzeitig den Hörer hochreißt und die beiden dann in der nächsten Szene zusammen Quiche lorraine backen, nennt man es »nouvelle cuisine«.

In der deutschen Wirklichkeit suchte man früher immer dann eine Telefonzelle, wenn man 1. in einer Urlaubshochburg an der Nordsee die Zeit verstreichen ließ, 2. auf Klassenfahrt am Bodensee oder im Weserbergland war und 3. in einer Uni-Stadt nach einer Wohnung suchte.

Die Nordseetelefonzellen gibt es immer noch, sie stehen am Rand der Strandpromenade, und davor sammeln sich nach sechs Uhr abends die Windjackenfrauen, um den Verwandten daheim mitzuteilen, dass das Wetter hoffentlich am Wochenende besser werde. Genau dasselbe sagte früher meine Mutter, wenn sie von Baltrum aus bei ihrer Mutter anrief. Man muss dabei ganz tapfer sein. Denn während der Regen an die Glasscheibe peitscht, will man von der Familie, die in Hessen oder im Rheinland geblieben ist, nicht hören, dass dort das Wetter eigentlich sehr schön ist.

Die Klassenfahrttelefonzellen waren Einrichtungen des Müttergenesungswerkes: Wenn einem nach drei Tagen im Landschulheim plötzlich siedend heiß einfiel, dass man immer noch nicht zu Hause angerufen hatte. Kam man dann dazu, hörte man die Erleichterung in den Stimmen der Eltern, die sich inzwischen schon ausgemalt hatten, dass man entweder schwanger sei, im Drogendelirium oder im Gefängnis.

Doch an der Nordsee wie auch in der Nähe der Jugendherbergen hielt man sich immer nur kurz in den Telefonzellen auf. In vollen Zügen genoss ich den Geruch von Vergeblichkeit und kaltem Rauch erst, als ich anfing, mir in Bonn eine eigene Wohnung zu suchen. Das Ritual sah vor, dass man sich am Freitagabend bei der Druckerei des *Bonner General-Anzeigers* ein druckfrisches Exemplar der Samstagsausgabe kaufte, um damit dann zur nächsten Telefonzelle zu rasen. Obwohl ich mich immer so beeilte, standen dennoch schon etwa zwanzig andere vor mir in der Schlange. So hatte ich Zeit, mit dem Kuli alle interessanten und halb interessanten Wohnungsanzeigen anzukringeln. Wenn ich endlich in der Zelle war und eine der vielen Nummern anrief, sagten mir die Vermieter, da hätten gerade schon neunzehn andere angerufen, es tue ihnen Leid. Das ging dann ungefähr fünfmal so, bis ich keine Groschen mehr hatte, außer den zweien, die nie hängen blieben, obwohl ich ganz oft mit ihnen über das Metall geratscht war. Ein, zwei Jahre später war man dann plötzlich etwas flexibler, weil man Telefonkarten zu sechs und zu zwölf Mark kaufen konnte. Doch auch diese Phase ging unglaublich schnell rum, und ich erinnere mich nur noch daran, dass auf dem Display dieser aufgerüsteten Zellen immer hektisch aufleuchtete: »Karte wechseln, Karte wechseln.« Ich habe leider nie kapiert, wie man die Karte wechselt, ohne dass das Gespräch abbricht. Ich erinnere mich aber noch gut an das hektische Tuten und daran, wie ich entnervt den kleinen, quadratischen, grünen Knopf neben dem Kartenschlitz drückte, die Karte rausnahm und überlegte, sie sofort wegzuwerfen. Dann fiel mir ein, dass es ja Menschen gibt, die alte Telefonkarten sammeln. Ich nahm sie also mit und schmiss sie zwei Jahre später in den Müll, weil ich natürlich niemanden gefunden hatte, der meine Karte sammeln wollte. Damals waren Telefonkarten eine Zeit lang der letzte Schrei. Wenn heute jemand in einem Kiosk eine Telefonkarte verlangt, gucken ihn alle anderen bedauernd an und glauben, er beziehe bestimmt Sozialhilfe.

Aber wir müssen ehrlich sagen, dass wir mit wenig angefangen haben: mit Taschenrechner, elektrischer Zahnbürste und Carrera-Bahn. Wir waren damals eigentlich recht genügsam. Es störte uns nicht, dass den ganzen Tag über bei den dritten Programmen nur ein Testbild zu sehen war mit grünen, blauen, roten und weißen Quadraten und einem großen, schwarzen Quadrat drumherum. In der Mitte stand mit altmodischer Tippschrift »Brocken« oder »Kahler Asten«. Da wusste man wenigstens noch, woher die Strahlen kamen, heute wird ja mit tausend Satelliten im All rumgemurkst. Das Highlight in Norddeutschland kam immer um Punkt achtzehn Uhr. Da sah man zuerst sehr lange das Testbild, und dann sagte plötzlich aus dem Nichts eine Grabesstimme: »Hier sind der Norddeutsche Rundfunk und Radio Bremen mit dem Dritten Programm. Piep.« So war das damals.

Und dann rief eines schönen Tages plötzlich Marco an und sagte: »Hier ist die Zukunft. Ich habe ein Handy. Piep.«

Die ersten zwei Jahre musste man sich immer die Geschichte anhören, dass das Handy in Amerika gar nicht Handy heiße, sondern Mobile Phone, und dass man es also entweder so oder gleich Mobiltelefon nennen solle. Irgendwann legte sich das. Nur Nils spricht noch trotzig vom Handtelefon. Zeitgleich lernte man, dass das, was früher schlicht Telefon hieß, seinen Namen gewechselt hat. Heute firmiert das Telefon nur noch unter Festnetz, beziehungsweise unter Endgerät. »Ich versuche dich nachher noch auf dem Festnetz zu erreichen«, heißt so viel wie: »Nachher rufe ich dich noch einmal richtig an, nicht nur so lala.« Denn inzwischen haben alle gelernt, dass es im Handy-Zeitalter vier natürliche Feinde des natürlichen Gespräches gibt, nämlich die Sätze: 1. »Du, ich glaube, ich bin gleich in einem Funkloch«, 2. »Du, sorry, aber mein Akku ist gleich leer«, 3. »Du, ich muss das Handy weglegen, hier steht Polizei« und 4. »Ich rufe dich einfach noch mal von unterwegs an.«

Relativ bald ist uns allen klar geworden, dass das Handy als Kommunikationsmittel kaum taugt. Doch es dient zu etwas viel Besserem, es vermittelt uns das gute Gefühl, nicht allein zu sein. Es ist ein Weltempfänger, der einen jeden Morgen, wenn man den Pin-Code richtig eingetippt hat, mit »Code angenommen« in die Gemeinschaft der Lebenden aufnimmt und auf den man sich, man muss es nur wollen, jede Woche den neuesten Nummer-1-Hit als Klingelton laden kann. Wir können noch so mobil sein, heute hier, morgen da, das Handy ist immer dabei, vorausgesetzt, wir haben die Akkuladestation nicht vergessen. »Hast du das Aufladegerät dabei?« hat »Hast du deinen Pass dabei?« in unserer Generation als Urlaubseröffnungsfrage eindeutig abgelöst.

Warum eigentlich können wir das Handy nicht

einfach zu Hause liegen lassen? Vielleicht weil wir dann nichts mehr hätten, womit wir uns den Tag über beschäftigen könnten. Dafür nimmt man offenbar auch gerne in Kauf, keine Freiheiten mehr zu haben. Man ist überall und immer erreichbar, selbst wenn man in Asien oder auf Gran Canaria am Strand liegt, sind SMS aus dem Büro in Frankfurt in vier Sekunden da. Ausgerechnet Amerika ist für Deutsche noch eine Insel der seligen Ruhe. Und wenn man das Handy nicht mit in die Mittagspause genommen hat, hat man nachher auf dem Display »3 Anrufe in Abwesenheit« und auf der Mailbox den genervten Freund, der sagt: »Du bist ja gar nicht erreichbar.« Erreichte man früher manchmal jemanden viele Tage nicht, so ist es heute schon ein Grund zur Verärgerung, wenn nicht innerhalb von zwei Stunden zurückgerufen wird. So ist man eigentlich ständig damit beschäftigt, irgendwen zurückzurufen.

Doch leider hat man ja nicht mehr Zeit als früher, sieht man mal von der Zeit ab, die man jetzt spart, weil man sich Apfelschorle nicht mehr selbst mischen muss, sondern immer schon fertig im Supermarkt kaufen kann. Durch die wahnsinnige Beschleunigung der Abläufe hat man nun viel mehr zu tun, und alles dauert leider irgendwie viel länger. Wahrscheinlich nennt man das technischen Fortschritt.

Einmal fragte mich Sophia an einem Mittwoch per SMS, ob wir am Samstagabend zusammen ausgehen wollten. Ich sagte Ja und freute mich. Am Freitag schickte sie erneut eine SMS, sie wisse nicht, ob sie es schaffen würde, sie müsse wohl am Wochenende ins Büro. Am Samstagmittag, ich hatte gerade auf dem Markt für ein leckeres Abendessen eingekauft, weil ich fest davon ausging, dass Sophia nach ihrer Ankündigung auch wirklich absagen würde, schrieb sie plötzlich, sie habe jetzt doch Zeit. Ich fragte sie per SMS, wann wir uns wo treffen wollten. Sie rief gegen sechs Uhr abends an, und wir diskutierten zwölf Minuten, einigten uns schließlich, und falls uns noch etwas anderes einfallen würde, könnten wir uns ja spontan zusammenrufen. Ich schaute Fußball, musste mich jedoch hektisch losreißen, bevor das Spiel zu Ende war, sonst wäre ich zu spät gekommen. Als ich fast schon am vereinbarten Treffpunkt war, piepste mein Handy: »15 min zu spät, sorry.« Ich saß also erst einmal allein in der Wunderbar, fühlte mich aber, ehrlich gesagt, nicht weiter isoliert, weil um mich herum nur Menschen waren, deren Handys doppelpiepsten oder die selbst SMSten. Offenbar waren alle noch mitten in der Abendorganisation, dabei war es schon halb zehn. Zwanzig Minuten später kam erneut eine SMS von Sophia: »Bin gleich da.« Kaum saß sie mir tatsächlich gegenüber, klingelte schon ihr Handy. Sie redete auf eine Freundin ein und sagte ihr, wir würden gleich nachkommen, riefen aber noch mal von unterwegs an. Im Lauf des Abends gelang es uns dann, drei verschiedene Bars zu besuchen, dort etwa zehn Personen zu treffen, von denen die meisten aber auch gleich weiter wollten, weil sie sich noch in einer anderen Bar verabredet hatten. Wir mussten uns beide sehr konzentrieren, damit wir nicht den Überblick verloren, wen wir noch über welche unserer Planänderungen informieren sollten, von wem wir noch eine genaue Adresse brauchten und wer wo schon seit einer halben Stunde auf uns wartete. Ich gab dann völlig erschöpft um halb drei auf und fuhr nach Hause. Sophia hatte mir da gerade gesagt, sie müsse jetzt dringend weiter, sie hätte ganz vergessen, dass heute Alexa Geburtstag habe, sie müsse noch mal rasch Sebastian per SMS nach der Adresse fragen, der habe vorhin mit Johanna telefoniert und sei schon auf dem Weg dorthin, warte nur noch auf einen Anruf von Axel, dann würde er ihr eine SMS mit der genauen Adresse schicken, aber bei Axel sei wohl der Akku fast leer. Am nächsten Tag rief ich Sophia an, und wir erzählten uns endlich mal in Ruhe, wie es uns geht.

Das Handy ist zu einer Art Fastfood-Telefon geworden. Wie ein Imbiss, den man im Gehen isst und dessen Reste man notfalls in den Mülleimer werfen kann, wenn man in die Straßenbahn springen muss. Die Unverbindlichkeit des Handys ist verführerisch, die Möglichkeit zur Dauerkommunikation trügerisch: Sagen jedenfalls tut man so gut wie nichts. So kann man etwa aus Langeweile an einen Freund eine SMS schicken, wenn man beim Zahnarzt im Wartezimmer sitzt. Doch wenn er dann gleich zurückruft, ist man total erschrocken und will nicht drangehen, weil man ja eigentlich gar keine Zeit hat. Andererseits weiß man, dass der andere weiß, dass man da ist, schließlich hat man gerade eine Sekunde vorher eine SMS geschickt. Drum geht man also dran und sagt: »Ich rufe dich nachher zurück, ich kann gerade nicht.«

Man sollte die goldenen Regeln der modernen Telekommunikation nicht verletzen, die da lauten: Auf SMS darf man nur per SMS antworten, auf E-Mails mit E-Mails und allein auf Anrufe mit Anrufen. Alles andere sorgt für große Verwirrung und sollte dringend vermieden werden. Unklar ist noch, wie die neuen Bild-Handys in diese Benimmregeln eingebaut werden, aber da man wahrscheinlich so heilfroh ist, überhaupt jemanden zu kennen, der auch ein Bild-Handy hat, sendet man vermutlich allein deshalb immer ein Bild zurück. Besonders schön stelle ich es mir vor, wenn die Frau, die gerade den Wagen des Mannes verbeult hat, ihm einfach lapidar eine Detailaufnahme des schrottigen Kotflügels schickt. Dagegen sieht eine schnöde SMS alt aus.

Das Handy ist also Teil einer Verhaltenstherapie, die nicht die Kommunikation mit anderen erleichtern, sondern verhindern soll. Nur bei Anrufen auf dem Handy hat man das Recht, das Gespräch noch im ersten Satz abzuwürgen, man sei gerade unterwegs, am Steuer, im Gespräch, im Meeting, in der Bahn. Zugleich lässt sich per SMS so wunderbar absagen, einhundertsechzig Zeichen lang kann man »leider nicht« und »sorry« wimmern, um sich so erfolgreich um ein langes Erklärtelefonat zu drücken. Das Handy kann aber auch ein noch fataler Kommunikationshemmer sein: dann nämlich, wenn der eine, misstrauisch geworden, die Kurzmitteilungen des anderen checkt und so merkt, dass da noch ein Dritter mit im Spiel ist. Das ist inzwischen fast schon ein Klassiker der modernen Beziehungsdramaturgie. Wir mussten also nicht erst warten, bis Naddel mit Ralph Siegel und Superstar Alexander mit seiner Freundin per SMS Schluss machten, um dem Marketing-Psychologen Stephan Grünewald zu glauben, der sagt: »Das Handy ist zum Instrument der Kälte in unseren sozialen Beziehungen geworden.«

Aber jetzt wollen wir mal nicht so sein. Das Handy mag ja ein komisches, kaltes Ding sein, SMS aber kann, um es mit dem Psychologen zu sagen, auch ein Instrument der Wärme in unseren sozialen Beziehungen sein. Wie viele große Liebesgeschichten haben schon so angefangen, weil der andere verstand, was man meinte, auch wenn es nur ein einziges Wort war, das man versandte. Und so mancher trägt so gerne sein Handy direkt an der Brust, weil er weiß, dass unter Menü–Mitteilungen–Eingang wunderbar verbale Herzschrittmacher für den Sehnsuchtsnotfall lagern.

Und zum Thema Wärme gehört auch, dass es einen manchmal heiß durchläuft, weil man in der Sekunde des Absendens zu unkonzentriert war. Hat man das zärtliche Wort am Ende doch nicht an die geschickt, an die es gehen soll, sondern an den missgünstigen Arbeitskollegen mit demselben Anfangsbuchstaben? Welche Angst, sich im Wort vergriffen zu haben, wenn man nach zehn Minuten noch keine Antwort hat. Welche Erleichterung, wenn sie dann doch kommt, das hellgrüne Display zu blinken beginnt und man beruhigt lesen darf »1 Kurzmitteilung eingegangen«.

In der Schreibtischvariante heißt dieser Satz: »Sie haben neue Nachrichten.« Das ist persönlicher und fröhlicher. Denn den Handyhinweis kann man auch missverstehen, à la »3 Hortensien eingegangen«, eine SMS, die man von der Nachbarin, die während des Sommerurlaubs die Blumen goss, nicht bekommen möchte. Wie lebensbejahend ist da doch die E-Mail-Eröffnung! Da muss man sich keine Sorgen machen, dass die Nachricht gleich eingeht wie eine Kurzmitteilung, die man nicht auf der Stelle öffnet. Sie ist auch nicht so anonym und bedrohlich, im wirklichen Leben hört man den SMS-Satz eigentlich nur in den Nachrichten, wenn es heißt, bei den Veranstaltern sei »1 Bombendrohung eingegangen«.

Das Schöne an einer E-Mail ist, dass sie zwar genauso schnell um die Welt rast wie eine SMS, aber dass man nicht genauso schnell antworten muss. Das Schreiben einer SMS ist mit ganz anderen Erwartungen verknüpft, man sendet kaum einmal Botschaften aus, die für sich stehen könnten, sondern nur Anfänge, die durch den Empfänger fortgeschrieben werden müssen. Außerdem weiß man, dass die eigenen Worte schnellstmöglich gelesen werden – der Empfänger trägt sein Handy ja immer bei sich –, und so steckt schon im eigenen Schreiben eine andere Ungeduld, eine andere Dringlichkeit, eine andere Temperatur. Man weiß, dass man sofort im Gehirn des anderen landet, auch wenn er keine Zeit hat zu antworten. Das ist schön.

Doch all das Schöne des Briefeschreibens, die Sinnlichkeit des Zuklebens und das Frankieren des Umschlages, das Tragen zum Briefkasten und das Wissen um die unendliche Dauer bis zum nächsten Morgen, wenn dann der Brief ganz am anderen Ende des Landes in einem Metallkasten steckt, abends herausgezogen, im Treppenhaus geöffnet wird, all das fehlt. Und man muss kein Kulturpessimist oder Pelikan-Füller-Produzent oder Deutsche-Post-Aktionär sein, um zu bedauern, dass die Liebesbotschaften fast komplett elektronisch verschickt werden.

Das Problem fängt schon damit an, dass es keine adäquate Weiterverwertung der E-Mails gibt. Man kann sie abspeichern, gut. Aber wenn man sie ausdruckt, so schnöde schwarz auf weiß, mit der E-Mail-Adresse oben und der Werbung des Netproviders unten, dann kommt man sich fast vor, als müsse man das Blatt nun als Nächstes säuberlich lochen und im Leitzordner »Beziehung/Freunde« abheften. Und doch hat das Schreiben seinen Reiz, zumal es ja so sein soll, dass in Deutschland nicht ausschließlich Liebesbriefe versandt werden, sondern mitunter auch E-Mails, die man tatsächlich ablegen darf, ohne kaltherzig zu sein. Wahrscheinlich ist es sogar so, dass wir durch die moderne Elektronik inzwischen schon mit dreißig Jahren mehr Briefe losgeschickt haben als Goethe und Fontane in ihrem ganzen Leben. Dafür ist das CC-Feld verantwortlich, das selbst sehr entfernte Bekannte dazu verführt, einem ständig englische Witze oder pseudolustige Bildchen zu mailen. Laut einer neuen Untersuchung verbringt ein deutscher Angestellter pro Woche durchschnittlich eine Stunde Zeit damit, E-Mails zu lesen, die ihm von Kollegen zur Kenntnis gesandt wurden, ohne dass sie für ihn von Belang sind. Dazu muss man die vier Stunden pro Woche rechnen, in denen man private Mails liest und beantwortet, die zwei Stunden, in denen man sich die Webseiten verschiedener Fincas auf Mallorca anguckt, und die drei Stunden, in denen man bei Spiegel.online und comdirect schaut, wie Schröder und wie die Aktien stehen. Nicht zu vergessen die achtundvierzigmal, die man sich bei eBay einklickt, um zu sehen, ob man bei der Auktion für den DVD-Player überboten wurde, und das eine Mal, das man bei Amazon *Simplify your life* bestellt hat. Man kann eigentlich gar nicht verstehen, warum das Moorhuhn-Spiel von deutschen Angestellten-Bildschirmen verschwunden ist. Denn dann könnte man die Woche komplett im Netz rumbringen, ohne sich um das blöde Kerngeschäft kümmern zu müssen.

Auch in Sachen Internet begann die technische Zukunft mit lautem Krachen. Es fing ganz harmlos an: Erst einmal musste man aus dem großen Pappkarton, in dem der neue Computer war, die zwei richtigen CDs und Anweisungen herausfischen und die falschen zweihundert eingeschweißten Päckchen wieder zurückstecken, das gelang einem nach circa zwei Wochen. Nun war es Zeit, den Freund mit schwarzen Jeans und verwaschenem Sweatshirt, der sich mit Computern auskennt, zu sich zu rufen und ihn geheimnisvolle Tastenkombinationen eintippen zu lassen. Und dann, ja, erst dann, war der Moment gekommen, in dem es auf dem Bildschirm laut krachte. Der Computer versuchte, sich ins Netz einzuwählen. Dabei erklangen ganz schnell hintereinander Töne, wie auf einem Keyboard gespielt. Doch danach kam Wahnsinnslärm, ein Geräusch, das an das explodierende Pulver erinnerte, das man früher im Supermarkt kaufen konnte und auf der Zunge knallte. Und schließlich als Erfolgsmeldung ein pingponghaftes Mehrfachtuten. Dann war man drin.

Heutzutage geht das Ganze leider ohne Geräusche vonstatten, man muss nur noch auf ein Feld »Verbindung herstellen« klicken, dann liest man komische Halbsätze wie »Verbindung zu Remote-Computer herstellen« und »Erster Wählversuch«. Aber es ist kein Glücksspiel mehr wie früher, als man warten musste, bis man den richtigen Zeitpunkt erwischt hatte, um sich einwählen zu können. Gegen neun Uhr abends, so wusste man damals, hatte es keinen Zweck. Weil es immer besetzt war, freute sich meine Mutter, dass ich offenbar eine neue Freundin hatte, mit der ich stundenlang telefonierte, in Wahrheit jedoch surfte ich einsam in den Weiten des Webs. Aus zäh fließendem Verkehr täglich ab neun Uhr ist inzwischen ein Stau pro Jahr geworden: Silvester zwischen zwölf und zwei. Von den achtzig Millionen Deutschen versuchen etwa sechzig Millionen irgendjemandem ein frohes neues Jahr zu wünschen, zehn Millionen wollen ein Taxi rufen, 9,96 Millionen wollen sich bei ihren Nachbarn oder der Polizei beschweren, weil nebenan die Musik zu laut ist, 39 999 versuchen bei *Neun Live* einhundert Euro zu gewinnen, weil sie wissen, wie viele Fehler im Bild versteckt sind, und einer hat sich verwählt. Silvester nach zwölf, das ist der letzte Zeitpunkt, wo die Technik noch angesichts des menschlichen Ansturms kapituliert. Wehe, nächstes Jahr ist auch das kein Problem mehr!

Kurzzeitig war es dann sehr wichtig, bei welchem Internetprovider man sich angemeldet hatte. Sagte man gmx, antworteten die Freaks: »Das habe ich mir gedacht.« Leider weiß ich bis heute nicht genau, was das bedeuten sollte, wahrscheinlich irgendetwas Konsumkritisches. Sagte man T-Online, fanden sie das naiv, weil man da die höchsten Tarife zahlte, und wohl auch langweilig, weil man es sich so bequem gemacht hatte und einfach zum Branchenführer gegangen war. Diese Bescheidwisser gingen nie den geringsten Weg des Widerstands. Sie hatten immer E-Mail-Adressen von sehr obskuren Anbietern, die zwar offenbar politisch einwandfrei waren und billig, aber leider meist auch nach zwei Monaten pleite. Sodass die Computerkenner im Bekanntenkreis vor allem dadurch auffielen, dass sie vierteljährlich ihre Adresse wechselten.

Doch zum Glück gibt es auch hier die stolzen Nichtbescheidwisser. Es sind oft dieselben Personen, die sehr spät, erst mit der Wiederwahl Gerhard Schröders, gelernt haben, wie man SMS schreibt, und die bis heute jede SMS doppelt verschicken, um auf Nummer Sicher zu gehen. Leider wissen sie nicht, dass sie einem damit mindestens genauso auf die Nerven gehen wie all jene, die immer anrufen, wenn sie kurz vorher ein Fax geschickt haben. Auf diese Frage, ob das Fax auch angekommen sei, antworte ich nur noch mit durchdringendem Piepton und anschließendem Bestätigungskrachen.

BITTE SAG JETZT NICHT, ICH SEI SCHON
GENAUSO WIE MEINE MUTTER.

Jetzt komm erst mal nach Hause, schlaf dich
richtig aus, morgen sieht die Welt schon wieder
ganz anders aus. Das konnte ja nicht gut gehen.
Der Generationenkonflikt kommt. Die 68er müssen
weg, so weit weg wie möglich. Und dann wohl
auch wir.

Richtige 68er, so bilde ich mir ein, erkennt man am handgetöpferten Türschild, auf dem mit gelber Zuckergussschrift alle dahinter lebenden Vornamen aufgezählt werden. Ich sehe keine Hausnummern an den Reihenhäusern, und so beschließe ich, zielstrebig auf das Töpferschild zuzugehen. Es ist der zweite Weihnachtsfeiertag, Spätnachmittag, und ich will Philipp bei seinen Eltern abholen, um ihn im Wagen mit nach Berlin zu nehmen. Ein Herr in Fischerhemd und Strickweste öffnet die Tür. Ich identifiziere ihn anhand der Zuckergussschrift als Heinz, und um die Ecke im Windfang guckt offenbar eine neugierige Ute. »Philipp«, so sagt Ute, »ist noch kurz zur Tankstelle gefahren, um für uns neue Wasserkästen zu holen. Der Junge ist immer so rührend.« Als ich in das Wohnzimmer komme und sehe, dass dort neben Heinz und Ute auch noch, wie mir Ute aufzählt, Tante Edda, Onkel Gerd, Onkel Rudi und Tante Gaby sitzen sowie eine Nachbarin, die mir sofort erzählt, dass Philipp bei ihr immer so gerne Schoko-Katzenzungen gegessen habe, da ahne ich, dass der rührende Junge eventuell auch nur kaltschnäuzig die erstbeste Gelegenheit genutzt hat, diesem Familienidyll für eine kostbare halbe Stunde zu entfliehen. Kaum habe ich den Raum betreten, sagen plötzlich alle, sie hätten ohnehin gerade gehen wollen, und so sitze ich dann wenig später mit Ute und Heinz auf dem Sofa und spreche über Philipp, der sich währenddessen offenbar im Shop der Tankstelle einmal quer durchs Zeitschriftenregal liest.

Schrecklich, wie vernünftig die jungen Leute heutzutage seien, sagt Heinz. Eigentlich müssten doch Eltern dazu da sein, der Jugend die Flausen aus dem Kopf zu treiben, aber was bitte solle er tun, er habe das Gefühl, er müsse seinen Sohn eher dazu antreiben, mal ein paar Flausen zu entwickeln. »Er ist immer so verdammt nett«, fügt er hinzu, »wenn ich da an mich und meinen Vater denke, da hat es eigentlich jedes Mal gekracht, wenn wir über Politik geredet haben. Aber ich sitze an Weihnachten friedlich mit meinem dreißigjährigen Sohn zusammen, und wir reden über Steuersparmodelle. Da stimmt doch was nicht.« Ute schenkt mir noch Tee nach und sagt: »Ach, Heinz, nun freu dich halt darüber. Aber«, und dabei guckt sie mich besorgt an, »ich finde auch, dass der Philipp immer viel zu viel von sich verlangt.« Ich flehe Philipp in Gedanken an: Bitte komm jetzt endlich mit diesen verdammten Wasserkästen zurück. »Weißt du, wie es damals bei uns war, Ende der Sechzigerjahre?«, fragt mich dann Heinz. Und bevor ich Ja sagen kann und dass uns das unsere Gemeinschaftskundelehrer fünf Jahre lang jeden Tag erzählt haben, fängt er schon an, von rauschhaften Festen zu schwärmen, von opulenten Essen, maßlosem Weintrinken, lautem Debattieren und schönen Frauen. Ute lächelt beseelt und streicht ihr dunkelrotes Samtkleid glatt. »Ich verstehe gar nicht«, sagt Heinz dann und schaut mich fast bedauernd an, »wieso die junge Generation so ruhig ist, so unsinnlich.« Ich versuche zu protestieren und antworte, die meisten Diät-Bücher würden heute an 68er-Frauen verkauft. Da lacht Ute und sagt, das sei schon gut möglich, aber das seien nur die Nachwehen, schließlich hieß Michael Rutschkys Buch über die 68er nicht ohne Grund *Erfahrungshunger*. »Aber ihr lest ja Diät- und Fitnessbücher, bevor ihr überhaupt angefangen habt zu essen.« Mir fällt leider keine passende Antwort ein, ich tröste mich mit der Erkenntnis, dass Schlagfertigkeit das ist, was einem auf dem Nachhauseweg einfällt, und hoffe, dass mich Philipp endlich erlöst. Doch die Entscheidung zwischen Apollinaris und Gerolsteiner scheint ihm ausgerechnet heute besonders schwer zu fallen.

Ich blicke fast ein bisschen neidisch auf Ute und Heinz. Eigentlich haben sie alles gehabt, was man für ein erfülltes Leben braucht. Nach dem Krieg geboren, mitten hinein ins Wirtschaftswunderland, eine Jugend mit sexueller Revolution und Anti-Baby-Pille, Kiffen nach dem Oberseminar und erfolgreichem Protest gegen Elternhaus und Gesellschaft, danach als Realschullehrer auf Lebenszeit verbeamtet, Baskenmütze, braune Lederumhängetasche und vierzehn Monatsgehälter, ein Reihenhaus und den zweiten Volvo abbezahlt, und nun, rechtzeitig zum Ende der Ära des permanenten Wohlstandszuwachses, mit sicherer Rente in den Ruhestand verabschiedet. Und die neuen Zähne hat ihnen wahrscheinlich die Krankenkasse auch noch voll bezahlt. Wenn wir mal so weit sind, haben die Krankenkassen vermutlich höchstens noch Geld für ein Fläschchen Klosterfrau Melissengeist.

Da fällt mir ein, dass mir Philipp einmal erzählte, dass sich seine Eltern nur ein einziges Mal wirklich beschwert hatten. An einem Sonntagnachmittag vor drei Jahren nämlich, als er es abgelehnt hatte, mit seinen Eltern und seiner neuen Freundin Sibylle, die er gerade mal drei Wochen kannte, direkt nach dem Tee in die Sauna im Keller zu gehen. Wenn ich gleich meinen Tee ausgetrunken habe, so kommt es mir da voller Bestürzung in den Sinn, wird mich also Ute höchstwahrscheinlich fragen, ob ich nicht Lust hätte auf einen Saunagang mit ihr und Heinz, um das Warten auf Philipp zu überbrücken. Allein schon von dem Gedanken wird mir heiß wie nach einem Aufguss, und ich erinnere mich mit Schrecken an unsere braun gegerbten Feriennachbarn auf Sylt, das Ehepaar Blohmeyer aus Berlin, die mich vor zwanzig Jahren jeden Morgen nach dem Frühstück mit zum FKK-Strand nehmen wollten. Doch wenn mich Ute jetzt fragen würde, dann dürfte ich eigentlich trotzdem nicht Nein sagen, denn wenn nun nach Philipp auch ich noch dankend ablehnte, dann wäre der Ruf unserer ganzen Generation zerstört. Und Heinz und Ute säßen dann bestimmt im Sommer abends mit ihren braun gebrannten Freunden vom SPD-Ortsverein beim Grillen und würden die Köpfe darüber schütteln, dass die jungen Leute von heute überhaupt kein natürliches Verhältnis mehr zu ihrem Körper hätten.

Eine Sekunde bevor Ute mich höchstwahrscheinlich in die Sauna eingeladen hätte, klappert zum

Glück Philipp mit einem Wasserkasten an jeder Hand zur Haustür herein. Er stellt die Kästen in den Kelleraufgang, nimmt seine Tasche, verabschiedet sich von seinen Eltern, seine Mutter steckt ihm noch zwei Gläser selbst gemachte Johannisbeermarmelade in die Seitentasche und das Buchgeschenk von Tante Edda, dann fahren wir los. Mir scheint es, sage ich ihm im Auto, als sei eine neue Runde eingeläutet im Verhältnis zwischen den Generationen. Wir werden jetzt offenbar nicht mehr, wie einst, verwöhnt (was wir als normal empfanden), nicht mehr beneidet (was wir uns zumindest einbildeten), nicht mehr verachtet (was wir während des ganzen Börsenbooms gar nicht merkten) – sondern bedauert. Auch Joschka Fischer hat uns ja gerade beschimpft: »Eure Generation deprimiert mich, ihr seid eine Heiapopeia-Jugend, ihr seid langweilig und dröge.« Bei Heinz und Ute klang das zwar etwas liebevoller, aber sie meinten grundsätzlich wohl dasselbe. Grausame Initiationsriten, wie sie die Naturvölker aus Neid der Älteren auf die Jungen pflegen, scheinen für uns jedenfalls nicht mehr nötig zu sein. Sieht man mal ab von der Androhung gemeinsamer Saunagänge.

Der Generationenkonflikt, so dachte ich früher, fällt wahrscheinlich aus. Weil wir dafür wegen unseres vollen Terminkalenders einfach keine Zeit mehr finden. Weil er viel zu anstrengend wäre. Und eigentlich völlig überflüssig. Haben wir uns deshalb immer so artig mit allem arrangiert? Nein. Eher wohl, weil wir so naiv daran glaubten, wir würden auch so bekommen, was wir wollen, ohne dass wir uns dafür in Lüchow-Dannenberg an Bahngleise ketten oder vor dem Depot für Pershing-II-Raketen in Mutlangen auf den kalten Boden setzen müssten. Und zum anderen, und das ist wahrscheinlich die traurigste Antwort, hätten wir dafür erst einmal wissen müssen, was wir eigentlich wollen.

Wir lebten fast dreißig Jahre lang nett, dank der Gnade der sehr späten Geburt, und mussten uns keine Gedanken darüber machen. Für uns gab es eigentlich keine Widerstände mehr, gegen die wir hätten anrennen müssen, und deshalb kamen wir gar nicht in die Verlegenheit, nach Feierabend noch nach irgendwelchen Argumenten für einen Generationenkonflikt zu suchen. Und unsere Eltern hatten ohnehin für alles Verständnis. Sie könnten es wahrscheinlich sogar sehr gut verstehen, wenn wir gegen sie protestierten, und sie würden uns noch anfeuern, wenn wir sie endlich einmal anschrien. Das ist die letzte anstrengende Konsequenz aus einer Erziehung, die alles, was wir taten, selbst den größten Mist, gut fand und die für alles, was wir nicht taten, vollstes Verständnis hatte. Sie unterschrieben uns, als wir es noch nicht selbst durften, phantasievolle Entschuldigungen für die Schule, die fast immer den Tatbestand der uneidlichen Falschaussage erfüllten. Und selbst zu unseren Demos gegen eine falsche Schulpolitik gingen unsere Eltern mit auf die Straße, wahrscheinlich um uns zu zeigen, wie man so etwas richtig macht. Später dann weckte jedes unserer Flugblätter gegen die zu kurzen Öffnungszeiten der Uni-Bibliothek bei den Professoren die Hoffnung, dass wir es endlich begriffen hätten und der Geist von '68 wieder aufleben würde. Doch als die Universitätsleitung drohte, bei der Fortsetzung des Streiks das Semester nicht werten zu wollen, war sehr schnell Schluss mit dem Protest. Die Studenten waren erleichtert – doch die Professoren enttäuscht.

Weil unsere Eltern so gelitten hatten unter der prüden Strenge ihrer Eltern, luden sie uns dazu ein, unsere Freundin über Nacht mitzubringen, noch bevor wir selbst wussten, was für Unterwäsche sie trug. Und als ich das erste Mal zu Franziska nach Hause kam, sagte deren Mutter am Gartenzaun zu mir: »Sag ruhig Karin zu mir.« Die Botschaft war klar: Mit uns müsst ihr keine Probleme haben, mit uns ist alles ganz easypeasy. Nur Soziologen wie Heinz Bude erkannten, dass das zu keinem guten Ende führen kann: »Systemtheoretisch ausgedrückt ist der Befund ernst: Gesellschaftliche Innovation fällt aus, Jugend ist nur noch die leicht modernisierte Variante des Alten.« Philipp ist also nur noch ein leicht modernisierter Heinz. Sollte Philipp Lust haben, Gitarre zu spielen, dann wüsste er, dass sein Vater das auch gerade macht, und sollte er anfangen, sich links zu geben, dann wüsste er, dass er doch nie so eine linke Socke werden kann wie seine Mutter. Das, was früher Protestkultur war, ist längst Mainstream geworden. Die Beatles hört man inzwischen beim Seniorennachmittag. Und uns gefallen sie leider auch. Das macht die ganze Sache sehr kompliziert.

Das mag auch daran liegen, dass wir, anders als die so genannten 68er, Eltern haben, die nicht durch ein zentrales Ereignis geprägt worden sind: den Krieg. Die 68er konnten ihre ganze leidenschaftliche Wut entfalten gegen diese Prägung, gegen das Leben in der Nazi-Zeit. Wenn ich aber in meinen Freundeskreis schaue, dann sind die Eltern zwischen fünfzig und fünfundsiebzig und politisch und gedanklich ein echter Kessel Buntes. Da sind zwar echte 68er wie Ute und Heinz darunter, mit Leinenanzügen und einem zerlesenen Exemplar von *Zen und die Kunst ein Motorrad zu warten* im Schrank. Aber eben auch solche, die noch heute wehklagen, dass 1972 das konstruktive Misstrauensvotum von Rainer Barzel gescheitert ist, weil die Stasi angeblich die Stimmen von CDU-Abgeordneten gekauft haben soll. Wann immer Rainer Barzel im Fernsehen auftaucht, wird meine Mutter fast sentimental und erzählt mir, wie sie und Vati damals bei Tante Do gesessen hätten, um im Fernsehen live das Ende der Ära von Willy Brandt mitzuerleben. Na, und dass sie alle fast geweint hätten, als sie dann doch nicht zu Ende ging. Als ich später bei Tante Do war – und ich war oft da, weil wir keinen Fernseher hatten, ich aber dennoch gerne vor Montagmorgen wissen wollte, ob die Ära von Schalke 04 zu Ende gegangen war –, wurde allerdings nie von Rainer Barzel gesprochen, sondern höchstens von meiner Mutter. Während mich Tante Do mit Buttercremetorte, Gummibärchen und Capri-Sonne verwöhnte, sagte sie mir immer: »Eure Mutter verwöhnt euch zu sehr.« Tante Do war offenbar die Erste, die erkannte, dass sich da zwischen den Generationen was zusammenbraute. Was auch daran lag, dass mein Bruder als kleiner Junge einmal so dumm gewesen war, Tante Do die Strategie offen zu legen, mit der er am Ende noch jedes konstruktive Misstrauensvotum meiner Mutter überstand: Wenn ich etwas will, und ich kriege es nicht, dann brülle ich, und dann kriege ich es. Kein schlechtes Lebensmotto. Daniel Küblböck hätte zwanzig Jahre später damit fast *Deutschland sucht den Superstar* gewonnen.

Wir ließen uns also verwöhnen. Und wussten das auch, egal ob wir strikt antiautoritär erzogen wurden oder sehr gemäßigt autoritär. Als Widerstand gegen die Eltern musste es fast schon gelten, wenn man sich im Studium mal drei Wochen lang nicht zu Hause gemeldet hatte. Wenn Nils Liebeskummer hatte und seine Mutter sagte: »Jetzt komm erst mal nach Hause, schlaf dich richtig aus, morgen sieht die Welt schon wieder ganz anders aus« – dann fuhr er tatsächlich heim. Und wenn wir das erste Mal in unserer eigenen kleinen Wohnung krank wurden, dann waren wir froh, wenn wir unsere Mütter am Telefon nach den exakten Medikamentennamen gegen Nasennebenhöhlenvereiterung fragen konnten. Pragmatisch nahmen wir uns, was wir gerade brauchten, sei es Ruhe oder Sinupret, und setzten ansonsten darauf, dass die Zeit ohnehin nur für uns spielte. Ja, das glaubten wir wirklich.

Wenn wir an Zukunft dachten, dann höchstens an den nächsten Sommerurlaub. Nicht an todkranke Rentensysteme. An kollabierende Krankenkassen. An eine völlig überalterte Gesellschaft, in der wir die absolute Minderheit sein werden. Oder an ein von

Asien abgehängtes Europa. Wir dachten, wenn wir mal dachten, eigentlich nur an uns. Und wir waren uns sicher: Wir haben den Bogen raus.

Im Sommer 1999, als Berlin, Börse und Jugend kaum laufen konnten vor Kraft, schrieb die damals dreißigjährige Schriftstellerin Tanja Dückers im *Spiegel*: »Teens und Twens führen einen Lebensstil vor, den sich viele 1968 gewünscht haben. Ohne zwanghafte Polygamie, Gemeinschaftsküche oder Kinderladen hat sich in der Stadt eine allgemeine Entspanntheit ausgebreitet: das persönliche Wohlbefinden im Augenblick – in dieser Wohnzimmerbar auf dem etwas zerschlissenen Brokatsofa mit Blubber-Musik und netten Freunden – steht über beruflichem Ehrgeiz oder dem Engagement für kollektive Ziele.« So meinten wir, den verlogenen, egoistischen Idealismus der Eltern ersetzt zu haben durch einen gelassenen Pragmatismus, der ganz ohne Utopien auskommt. Und merkten gar nicht, wie wir uns gleichzeitig unsere eigenen Verlogenheiten zusammenzimmerten. Wie wir »Engagement für kollektive Ziele« als rührend verhöhnten, obwohl es unsere Freiheit so nicht gäbe, wenn Ute und Heinz damals nicht auf die Straße gegangen wären. Und das so genannte »persönliche Wohlbefinden im Augenblick« steht auch nur dann über dem beruflichen Ehrgeiz, solange wir es uns noch leisten können, es abends beim Italiener zu genießen.

Von den Älteren, so glaubten wir, war nur Verständnis und keine Gefahr zu erwarten. Sobald sie die ersten grauen Haare bekamen, so wie Ernst Huberty von der *Sportschau*, Gerhard Löwenthal vom *ZDF-Magazin* und Frank Elstner von *Wetten, dass…?*, wurden sie durch Jüngere ersetzt. Alt war out. Im Fernsehen gab es Menschen mit Seniorencard nur als Kuriositäten, als Ulknudeln wie den schrillen Catweazle mit seinem zerzausten Haar oder wie Meister Eder, dem Pumuckl auf der Nase herumtanzte. Wir hatten das Gefühl, dass wir, wie Pumuckl, die coolere Frisur hatten und dass wir tun konnten, was wir wollten, am Ende beruhigte sich Meister Eder schon. Egal ob bei *Zurück in die Zukunft* oder bei *James Bond*, die alten Männer waren meist schrullige Tüftler, die fern der Welt in ihren Garagen herumbastelten und sich damit abgefunden hatten, dass der Jugend die Welt gehört und ihnen nur noch die Werkbank. Und auch der wunderbare Loriot lehrte uns in *Pappa ante portas*, dass Männer ab einem gewissen Alter offenbar zwangsläufig sonderbar werden und drei Zimmerladungen Klebstoff bestellen, nur weil der gerade im Angebot ist.

Dann gab es Anfang der Neunzigerjahre die Serie *Der große Bellheim*, mit Mario Adorf als Bellheim, der, eigentlich längst pensioniert, die Zügel seiner alten Kaufhauskette wieder in die Hand nimmt und alles aufmischt. Schön, dass die Alten mal einen Film haben, an dem sie sich aufrichten können, haben wir damals gedacht. Doch als dann Ron Sommer und Thomas Middelhoff gehen mussten und ihre Nachfolger nicht zehn Jahre jünger waren, sondern zehn Jahre älter, da kapierten wir, dass Jungsein langsam, aber sicher auf den Hund kam. Die Manager konnten plötzlich nicht mehr erfahren und faltig genug sein, selbst Gerhard Schröder und Joschka Fischer durften noch einmal vier Jahre dranhängen. Und wenn Schröder gestürzt würde, das war uns jetzt klar, dann wäre allein Helmut Schmidt im richtigen Alter, um die Nachfolge anzutreten.

Die 68er befinden sich zurzeit im Stadium eines gefährlichen Selbstbewusstseins. Bis auf Heinz sehen alle Männer aus wie Richard Chamberlain in *Dornenvögel*, wie Lehrer Doktor Specht oder wie Ulrich Wickert und werden plötzlich zu gefährlichen Konkurrenten um die schönsten jungen Frauen, die sie uns in der Regel, braun gebrannt und charmant parlierend, beim Stehempfang ausspannen. Weil sie ebenso souverän über ihre wilden Erlebnisse, damals in der Studenten-WG in Marburg, erzählen können wie über die Vorzüge des 1996er Bordeaux. Und all die Utes der Republik, erstarkt durch Fitnessstudios, Botox-Spritzen gegen die Fältchen, jahrelange Hera-Lind-Lektüre und buddhistische Meditationsübungen, schleudern uns, wie Cora Stephan, ein donnerndes »Fürchtet die über Fünfzigjährigen« entgegen. Vor allem dann, wenn wir zu sehr im Selbstmitleid versinken, weil es uns angeblich so wahnsinnig schlecht geht, denn: »Wir sind mit allen Wassern gewaschen und von der Härte des Lebens gestählt. Wir haben die Krise des jungen Talents schon mehrfach überstanden.« Okay, okay, wir haben verstanden, wir sollen uns nicht so haben. Und der Wettbewerb des *Merkur* zum Thema »Was denkt eigentlich die junge Generation, wenn sie denkt?« sollte wohl eigentlich heißen: wenn sie mal denkt.

Vielleicht, so denke ich, wenn ich mal denke, sollten wir uns darauf einigen, dass im Grunde beides sehr anstrengend ist. Das moralisch bequeme Getue der 68er, die längst die konservativsten Besitzstandswahrer des Landes geworden sind, ebenso wie das Gejammere der Generation Golf, die klagt, dass die Politik zunehmend die Alten begünstige, und sich trotzdem nicht aufraffen kann, selbst in die Politik zu gehen, sondern lieber den schönen Posten in Banken, Medien und Werbung nachjagt.

Wenn die Älteren sich trösten wollen, dann schauen sie in die Ausschüttungstabellen ihrer Lebensversicherung. Die Jüngeren schauen dafür in die Schweizer Zeitschrift *Organisationsentwicklung*. Es gab darin einmal eine Tabelle, die genau aufzeigt, dass wir von den Älteren immer nur falsch verstanden werden. Man sollte sie sich ein paar Mal kopieren, und wenn der ältere Kollege wieder die Augen rollt, dann markiert man die entsprechende Missdeutung mit dem grünen Textmarker, legt sie ihm ins Fach und schreibt daneben: »Siehste«.

Selbstsicht der Generation Golf	*Deutung der 68er*
Selbstbewusstsein	Arroganz, da könnte ja jeder kommen
schnelles Switchen zwischen verschiedenen Dingen	Oberflächlichkeit
Ironie	Zynismus
E-Mail-Stil	Unhöflichkeit
Freude am Ausprobieren	ziellos, wissen nicht, was sie wollen
gleichzeitiger Umgang mit vielen Dingen und Ebenen	Unkonzentriertheit, besser wäre eins nach dem andern

Bedürfnis, wahrgenommen zu werden	profilneurotisch, exhibitionistisch, selbstdarstellungssüchtig
Anerkennungsbedürfnis	Narzissmus
Arbeiten, um zu leben	Hedonisten, Spaßgesellschaft

Es ist nach dieser Tabelle eher unwahrscheinlich, dass die 68er und die Generation Golf sich aufraffen können zu einem gemeinsamen Kampf gegen die Krise in Deutschland. Bernd Ulrich, altersmäßig zwischen den beiden Generationen stehend, hat in *Deutsch, aber glücklich* sehr genau beschrieben, wie Politik aussehen könnte in Zeiten der Knappheit. Wir wissen, dass wir den Wohlstandszenit überschritten haben. Doch die Älteren müssen das erst noch kapieren. Und das, so weiß auch Ulrich, ist unwahrscheinlich, weil die Politik zurzeit ausschließlich von Menschen verantwortet wird, die gewohnt sind, Besitzstände fortzuschreiben und mehr zu verteilen, als eigentlich da ist. Und wenn die 68er-Generation in den Ruhestand geht, werden die Pensionskassen so belastet, dass noch weniger da ist. Matthias Berninger, der junge Staatssekretär der Grünen, fordert: »Die 68er haben früher Bestehendes infrage gestellt, jetzt müssen sie es erneut tun und damit sich selbst infrage stellen.« Und Hans Martin Bury, ebenso junger Staatsminister der SPD, ergänzt fast schon resigniert: »Wenn die Jungen von heute den ergrauten 68ern nicht ebenso Druck machen, wie es die 68er ihrerseits vermochten, sind sie selbst schuld.« Das Problem könnte darin liegen, dass wir jetzt leider schon selbst mit dem Ergrauen begonnen haben und vor lauter Gedanken über das erste graue Haar ganz vergessen, dass wir ja eigentlich protestieren wollten.

Immer mal wieder gibt es vereinzelte wütende Aufrufe der Jungen zu mehr Engagement. So versucht Susanne Leinemann in ihrem Buch *Aufgewacht. Mauer weg* ihre Altersgenossen wachzurütteln und uns klarzumachen, was uns mit der Wiedervereinigung Unglaubliches widerfahren ist. Oder Christoph Amend, der in *Morgen tanzt die ganze Welt* beschreibt, wie er selbstverliebt tanzende Mädchen in Berliner Clubs anrempeln und zwingen will, etwas zum Irakkrieg zu sagen. Doch er weiß schon im Voraus, sie werden nur mit den Schultern zucken und auf die Tanzfläche zurückgehen.

Aber es gibt Hoffnung. Denn die schärfsten Kritiker der Elche waren früher selber welche. Ja, es sind die Anfangsjahre der 68er, die uns zeigen können, dass noch nicht Hopfen und Malz verloren ist. Der Soziologe Ludwig von Friedeburg schrieb 1965 über die Studenten, die zwei, drei Jahre später zu den aufgebrachten 68ern werden sollten: »In der modernen Gesellschaft bilden Studenten kaum mehr ein Ferment produktiver Unruhe. Es geht nicht mehr darum, sein Leben oder gar die Welt zu verändern, sondern Angebote bereitwillig aufzunehmen und sich in ihr, so wie sie nun einmal ist, angemessen und distanziert einzurichten.« Hallo? Ist hier wirklich von Rudi Dutschke die Rede, von Alice Schwarzer und von Joschka Fischer? Man kann es kaum glauben, fast hat man den Eindruck, alle Vorurteile der 68er gegen die Generation Golf seien nie präziser zusammengefasst worden als hier (und natürlich in der Schweizer Supermotivationstabelle). Aber langsam, es kommt noch besser. Helmut Schelsky, Erfinder der noch älteren »skeptischen Generation«, wusste in derselben Zeit über die späteren 68er zu berichten: »Aber was sich auch ereignen mag, diese Jugend wird nie revolutionär.« Wahnsinn. Diese Jugend, die angeblich nie revolutionär werden würde, war dann die einzige Jugend seit Menschengedenken, die es wirklich wurde. Wird uns jedenfalls so erzählt. Heißt das etwa, auch wir kriegen noch einen richtigen Generationenkonflikt hin, noch eine richtige kleine Revolution? Ist unser Schweigen also einfach nur ein Zeichen dafür, dass es bald losgeht?

Dass ein Generationenkonflikt jetzt mal dringend anstehe, darauf werden wir zurzeit von allen Seiten hingewiesen, am direktesten vielleicht von Harald Martenstein im *Tagesspiegel*: »Du, Generation Golf! Bald werden indische Germanisten, indische Brezelverkäufer und indische Singvögel über das Land herfallen, sie werden die CDU kaufen, auseinander nehmen und in großen Schiffen nach China transportieren, weil dort Parteien Mangelware sind, sie werden das Brandenburger Tor in ein Hindu-Heiligtum verwandeln und euch eure Playmobil-Männchen und Golfs wegnehmen. So wird es kommen, wenn ihr nicht endlich fleißiger demonstriert!« Demonstrieren, schön und gut. Wenn das mal so einfach wäre. Es gibt nur eine einzige Protestform, die unsere Generation mit Leidenschaft herausgebildet hat: Kandidaten per Telefon aus dem *Big-Brother*-Container herauszuwählen. Als Demonstration geht das aber wohl nicht durch. Gegen Atomkraft wollen wir nicht demonstrieren, weil wir wissen, dass wir ansonsten Strom aus den kaputten Anlagen im Ostblock kaufen müssen. Außerdem haben das schon unsere Eltern gemacht. Das wäre langweilig. Wir hätten gerne etwas Eigenes. Und zwar kein Jodeldiplom, sondern ein wirkliches Demonstrationsziel. Denn das, wogegen Ute und Heinz demonstrierten, ist entweder dennoch oder ohnehin nicht eingetreten. Kriege kamen und gingen, die deutsche Friedensbewegung aber blieb. Und Castor-Transporte rollten durchs Land, egal wie viele Mädchen sich an die Gleise ketteten. Richtig fürchterlich waren früher vor allem die ständigen Mahnungen, etwas gegen den sauren Regen und das Waldsterben zu tun. Ganz bald, liebe Kinder, so sagte Gudrun Pausewang zu unserer Klasse 2b, werde alles um uns herum absterben. Und wir glaubten Frau Pausewang nicht nur, weil sie so eine tolle Lehrerin war, sondern auch weil sie immer Bücher schrieb, in denen direkt vor den Toren unseres schönen Ortes Schlitz Atomkraftwerke explodierten, Seuchen ausbrachen und Dritte Weltkriege begannen (obwohl wir gar nicht so viele Tore hatten), und weil die Bücher im Ravensburger Verlag in der Reihe »Reality« erschienen. Was vormittags mit den pausewangschen Horrorszenarien begann, ging nachmittags im Radio mit Nena weiter. Sie sang »99 Jahre Krieg ließen keinen Platz für Sieger« und meinte also in etwa dasselbe wie Frau Pausewang: Wir stehen kurz vorm Untergang. Das unterstrich Nena auch noch dadurch, dass sie sich die Achseln nicht rasierte, was sich bei der kurzen

Restlaufzeit der Erde offenbar nicht mehr lohnte. Solchermaßen motiviert, hörten wir dann beim Wandertag am Tempelberg von Frau Pausewang, wir sollten die letzten Tage genießen, in denen wir noch in einen grünen Wald gehen könnten. Ich weiß noch, wie ich immer befürchtete, dass irgendwann alle Bäume in Deutschland kahl bleiben und alles so aussehen würde wie oben im Erzgebirge, mit vertrockneten Baumstümpfen und ausgelichteten Tannenkronen. Und dann, eines Sonntagnachmittags, fuhren wir auf der Autobahn zwischen Frankfurt und Alsfeld-West, ich hatte Angst vor der Mathearbeit am Dienstag und blickte in den Laubwald. Plötzlich merkte ich, dass ich schon seit fünf Minuten kein einziges Blatt mehr an irgendeinem Baum gesehen hatte. Ich dachte: Jetzt ist es passiert. Doch dann fiel mir glücklicherweise ein, dass erst Januar ist. Und weil der Buchenwald bei Alsfeld-West seitdem noch jedes Frühjahr grün geworden ist, begann ich irgendwann, skeptisch zu werden gegenüber hysterischen Warnungen aller Art. Aber natürlich war es genauso dumm, auf Hysterie nicht mit Ernst zu reagieren, sondern nur mit ökologischer Ignoranz.

Ein guter Vorschlag kam vor kurzem von Ulf Poschardt. Er sprach von seinem Traum: »Tausende von Barbour-Jacken-Trägern mit Nickelbrillen wüten vor der Stuttgarter Konzernzentrale, weil Schrempp den Aktienkurs von DaimlerChrysler nach unten gedrückt hat.« Eine sehr realistische Vorstellung: Wir beginnen dann zu demonstrieren, wenn es so richtig an unser Portemonnaie geht. Aber ich glaube, auch wenn es bald einmal gegen die Auswüchse der Gentechnik gehen wird oder gegen die »Lufthoheit der SPD über den Kinderbetten«, könnte es sein, dass wir mit auf die Straße gehen.

Immerhin: Drei Demonstrationen würde unsere Generation – Stand heute – ohne Zögern bereits jetzt auf die Beine stellen. Die eine gegen die Telekom, wegen vergeudeter Lebenszeit beim sinnlosen Warten in Warteschleifen und auf Telekom-Installateure, die zwischen »zwölf Uhr und neunzehn Uhr« einen Anschluss legen wollen. Die zweite gegen das neue Tarifsystem der Bahn und die perfiden Kartenautomaten, die einem immer mitteilen, dass das gewählte Passwort zu komplex sei. Und die dritte gegen die deutschen Gewerkschaften, dieser inzwischen merkwürdigsten Verkörperung von selbstgefälligem Besitzstandswahrertum der 68er-Generation. Denn wenn man uns fragen wird, was uns unser ganzes Leben lang begleitet hat, dann werden wir wohl sagen müssen, unsere Leberflecke, Nena und die Warnstreiks im öffentlichen Dienst.

Es beginnt immer damit, dass sich die noch ausgeruhten Verhandlungsführer die Hände über dem Tisch reichen. Am nächsten Tag dann lehnt der Gewerkschaftsführer das Angebot der Arbeitgeber als »unannehmbar« ab. Dann legen in der Regel die Arbeitgeber ein neues Angebot vor, was von bereits etwas übermüdeten Gewerkschaftlern vor einem Wald von Mikrophonen als »Provokation« zurückgewiesen wird. Dazu sagt der Nachrichtensprecher: »Die Gewerkschaften schlossen die Möglichkeit von Warnstreiks ausdrücklich nicht aus.« Obwohl ein ganzes Land seit Jahrzehnten auf nichts anderes wartet, als dass die Warnstreiks endlich einmal nicht aus-, sondern eingeschlossen werden und dann jemand den Schlüssel verliert – keine Chance: The same procedure as every year. An dem Tag, an dem die Gewerkschaften Warnstreiks nicht ausschließen, beginnen die Reimtexter bereits fieberhaft Stabreime für ihre Plakate zu dichten nach dem Motto: »Ihr feiert, wir hungern.« Eine Woche später ist es dann so weit: Es kommt zur Urabstimmung. Dazu reisen zahlreiche Wahlhelfer aus den ehemaligen Warschauer-Pakt-Staaten in die Gewerkschaftsbüros, um als ABM-Kräfte mitzuhelfen, astrein ostblockmäßige 99,89 Prozent Zustimmung zusammenzuzählen. Daraufhin sagt der Nachrichtensprecher: »Die Zeichen stehen auf Streik«, schluckt kurz und blickt ernst. Zwei Tage danach sieht man die schnurrbärtigen Streikenden mit Gewerkschaftsleibchen auf der Straße stehen. Fieberhaft wird währenddessen nach irgendeinem weißhaarigen Mann mit Brille gesucht, der abends gerne lang aufbleibt und weder Europaabgeordneter noch Kosovobeauftragter werden will, sondern »Schlichter«. Es dauert nicht lange, und man kann im Fernsehen sehen, wie dicke, schwarze Limousinen vor einem Holiday Inn Hotel in Neu-Isenburg vorfahren und aus ihnen Arbeitgeberführer, Gewerkschaftsführer und der Schlichter entsteigen. Irgendwann, nach Tagen, das Ritual sieht dafür die Formulierung »in den frühen Morgenstunden« vor, stehen die Männer mit verbeulten Gesichtern und zerfurchten Frisuren vor den Kameras: Die Gewerkschaft hat gewonnen, und alle bekommen drei Prozent mehr Lohn. Das geht nun so, seit ich mich erinnern kann, also seit dem Superweib Monika Wulff-Matthies selig.

Der langjährige Streikbeobachter Harald Schmidt rügt vor allem das ästhetisch unterirdische Niveau der deutschen Streikenden: »Während uns aus Südamerika Szenen mit attraktiven Frauen in sexy T-Shirts erreichen, die voll praller Lebensfreude irgendeinen Präsidentenrücktritt oder die Auszahlung des Ersparten fordern, sehen wir hier zu Lande immer nur frierende Grauhaarige mit Klobrillenbart, die von Mutti watt Warmet auffen Streik jebracht kriegen. Im Medienzeitalter törnt das echt ab.«

Wie kann man da Abhilfe schaffen? RTL könnte die Show *Deutschland sucht den Superschlichter* ins Leben rufen. Dann hätten wir endlich eine Show, bei der all die rüstigen Senioren mitmachen könnten, die ihre aktive Streiklaufbahn abgeschlossen haben und sich ansonsten, wenn es dunkel wird, bei den Ratespielen von *Neun Live* die Finger wund wählen. Es könnten natürlich auch Moderatoren teilnehmen, deren Sendungen nur noch spätnachts in alten Wiederholungen auf N3 laufen. Wie gesagt, Hauptsache weißhaarig und abends gerne lange auf. In der ersten Runde der Show würde – mit freundlicher Unterstützung von Corega Tabs – getestet, ob die Kandidaten den Namen Frank Bsirske aussprechen können, ohne dabei ihr Gegenüber anzuspucken. Daraufhin müsste eine Geduldsprobe folgen: Wie lange können die Kandidaten Bsirske über die Zukunft des Standorts Deutschland reden lassen, ohne zuzuschlagen. In der dritten Runde würde es, moderiert von Karsten Speck alias Karsten Spengemann und Moritz Hunzinger alias Michelle Hunziker, um die gesanglichen Fähigkeiten der potenziellen Schlichter gehen. So könnten die Schlichter dann die Pressekonferenzen mit passenden Volksliedern umrahmen, begleitet auf der mitgebrachten Gitarre. Zum Auftakt der Verhandlungsrunde wäre zur Begrüßung aller Beteiligten *Alle Jahre wieder* ganz stimmungsvoll, wenn die Gewerkschaften zehn Prozent mehr Lohn fordern, käme *Zehn kleine Negerlein* bestimmt ganz gut, und wenn die Prozentangebote der Arbeitgeber zu niedrig sind, würde ein schmissiges *Eines geht noch, eines geht noch drauf!* die Atmosphäre sicher sehr auflockern.

Noch besser wäre aber die *Herzblatt*-Methode, natürlich präsentiert von Rudi Carrell. Frank Bsirske dürfte Fragen stellen, die drei Arbeitgeberführer hinter einer Wand möglichst lustig und anzüglich beantworten müssten. Am Ende würde er sich dann einen zum Verhandeln auswählen. Anschließend könnten beide mit einem *Herzblatt*-Hubschrauber in ein nahe gelegenes Hotel mit Wellnessbereich fliegen. Von vierzehn bis fünfzehn Uhr würde dann vor laufender Kamera Bärbel Schäfer schlichten, von fünfzehn bis sechzehn Uhr Arabella Kiesbauer, von sechzehn bis siebzehn Uhr würde Jürgen Fliege gut auf sie aufpassen und von siebzehn bis achtzehn Uhr Nina Ruge darauf achten, dass alles gut wird. Anstelle der Lottozahlen würden dann von einer blonden Dame aus der Lostrommel die Lohnsteigerungs-Prozentzahlen der Woche gezogen, inklusive Superzahl. Anschließend würde Rudi Carrell eine Tür öffnen, man könnte alte Fernsehbilder von Demonstrierenden mit Protestschildern sehen, und er würde bedauernd zu Frank Bsirske sagen: »Das wäre Ihr Streik gewesen.« Dann würden alle zusammen zu Kerner gehen, und er würde noch mal mit aufgestütztem Ellenbogen nachfragen, wie es so gewesen sei.

Doch wenn das alles nichts hilft, müssen wir eben einfach mal gegen Frank Bsirske demonstrieren. Oder, noch besser, wir streiken. Kein Warnstreik, sondern richtig. Aber wahrscheinlich trifft das noch nicht den Kern des Problems. Wir müssen uns ganz langsam an die harte Wahrheit gewöhnen, dass es nur eine Gruppe gibt, gegen die wir zu demonstrieren wirklich Grund hätten, wenn wir denn am Wochenende Zeit dafür hätten. Es sind die 68er selbst. Als unsere Mütter uns sagten, wenn wir den Teller nicht leer gegessen hatten, es gebe schlechtes Wetter – da hätten wir ihnen damals lieber sagen sollen, dass allein ihr Haarspray, das sie sich täglich in die Dauerwelle pumpen, dafür sorgte, dass wir wahrscheinlich künftig immer scheiß Wetter haben würden.

An einem verregneten Tag versuchten wir einmal, die ultimative Demonstration gegen die 68er zu organisieren. Philipp, Nils und ich saßen im Café Savigny, spielten Gewerkschaftsrat und überlegten uns lustige Sprüche. Philipp wollte auf sein Leinentuch schreiben: »Und willst du nicht meiner Meinung sein, dann setz 'ne Kommission ich ein.« Nils entschied sich für: »Im Blockieren sind sie fix – für die Zukunft tun sie nix.« Und auf meinem Transparent hätte gestanden: »Wer zweimal im Wellnesshotel pennt, gehört schon zum Establishment.« Wir waren uns einig, das waren noch keine Knaller. Das war eher peinlich. Zehntausend Leute würden wir damit wahrscheinlich nicht hinter uns bekommen, eher so zehn. Wir bräuchten so etwas wie »Poppertod löst Wohnungsnot« oder »Haste Haschisch in der Tasche, haste immer was zum Nasche«. Philipp machte einen letzten verzweifelten Versuch mit: »Rucola und Caffè Latte hilft Zonis nicht aus ihrer Platte!«

Aber dann sagte Nils, das könne ja auch nichts werden, wenn wir noch nicht einmal andere Protestformen als die unserer Eltern entwickelten und unsere Plakate nur Verballhornungen von deren Sponti-Sprüchen seien. Das leuchtete ein, und so entschieden wir uns zunächst, weiter mit Desinteresse an der Politik die Revolution immer wahrscheinlicher zu machen und bestellten uns noch jeder ein Glas Prosecco. Eigentlich, sagte Philipp, sei es noch viel schlimmer. Für uns wäre ja nicht nur der Widerstand allein in den Protestformen unserer Eltern vorstellbar. Sondern wir würden auch in denselben Cordanzügen, in denselben orangefarbenen Bars auf denselben Designerhockern sitzend dieselben Sorten Drinks wie 1969 trinken und würden außerdem dieselben Autos fahren, nur dass die heute eben Oldtimer hießen. Wo sollen wir denn da bitte schön eine eigene Identität herbekommen?

Während wir so über unseren möglichen Protest nachdachten, gingen die noch Jüngeren auf die Straße, um gegen Amerika zu demonstrieren. Völlig verzückt tauften die Älteren diese Schüler »Generation Golfkrieg«. Sie konnten es nicht fassen, dass da offenbar tatsächlich wieder eine politische Generation heranwächst. Wir im Café, Philipp, Nils und ich, konnten es auch nicht fassen und waren uns noch nicht ganz sicher, was am Ende den Ausschlag zum Demonstrieren gegeben hatte: der Weltfrieden (was wir bewundert hätten) oder Matheschwänzen (was wir verstanden hätten).

Aber eigentlich war es fast egal. Dass sich da Zehntausende von Schülern per SMS in Minutenschnelle zusammenfanden, dass sie tatsächlich demonstrierten, sich tatsächlich mit romantischem Eifer für die gute und richtige Sache einsetzten, das hat uns ein bisschen traurig gestimmt. Weil wir in dem heiligen, entschlossenen Zorn der regenbogenfarbenen »Pace«-Abzeichen-Trägerinnen genau das erkennen (oder auch nur schwärmerisch zu erkennen glauben), was uns fehlt: Engagement. Und das, obwohl wir ahnen, dass dieses Engagement nichts bringt. Wenn wir ehrlich sind, haben wir auch ein wenig Angst bekommen, denn der nächste Gegner, den sich die Generation Golfkrieg nach den Amerikanern suchen wird, wird wohl oder übel die Generation Golf sein. Eine unangenehme Zukunft steht uns also bevor: Die Älteren werden uns für unser Pech bedauern und die Jüngeren uns für unsere Tatenlosigkeit attackieren. Das sieht nach einer wenig erstrebenswerten Sandwichposition aus, aus der wir uns nur befreien können, wenn wir die »Pace«-Weibchen mit den »Attac«-Männchen paaren und die Älteren dauerhaft mit Studiosus-Reisen und Guido-Knopp-Geschichtsdokumentationen über die Hitlerzeit ruhig stellen. Eventuell hilft es aber auch, wenn wir uns einfach früh pensionieren lassen.

Inzwischen reagieren wir auf das ewige Verständnis unserer Eltern selbst mit Verständnis. Wenn wir ihnen ständig sagen: »Ich finde es total richtig, dass du dir mal eine Auszeit gönnst«, und: »Ich kann gut verstehen, dass du dich einsam fühlst, jetzt wo die Kinder aus dem Haus sind«, dann wiegen sie sich fast schon in Sicherheit und glauben, nun beginne endlich eine neue Phase, in der die Kinder wieder jede Woche anrufen und sich erkundigen, wie der letzte Arzttermin war. Und das Seltsame ist, dass wir ja tatsächlich anfangen, uns um unsere Eltern zu sorgen. Daran merken wir, dass nicht nur sie, sondern auch wir selbst älter geworden sind. Nicht verwunderlich, dass im Frühjahr 2003 ein Film wie *Good bye, Lenin* zum riesigen Kinoerfolg wurde. Darin füllt der Sohn rührend immer weiter Westgurken in alte Ostgurkengläser, damit seine Mutter weiterhin glauben kann, die DDR sei noch nicht untergegangen. »Besorgte Söhne, einfühlsame Töchter – der Generationenkonflikt fällt aus«, schrieb daraufhin der *Spiegel*.

Aber wer weiß. Die Künstler unserer Generation jedenfalls beginnen plötzlich, die Kuschelidylle als Hölle zu schildern. Vor der man nicht mehr einfach fliehen kann, indem man Wasserkästen an der Tankstelle holt. Gregor Schneider etwa baut seit Jahren das ehemalige elterliche Haus in Nordrhein-Westfalen mit immer neuen Verschlägen zu einem verzweifelten, dunklen Labyrinth. Christoph Schlingensief, der unsentimentale Freileger unserer Verdrängungen, holt in *Atta, Atta, die Kunst ist ausgebrochen* seinen Vater und seine Mutter als Figuren auf die Bühne, um mit der Motorsäge zu zeigen, wie sehr die Wut zur Liebe gehört und der Krieg zur Familie. Marius von Mayenburg macht in seinem Theaterstück *Das kalte Kind* die elterliche Prägung zur *Rocky Horror Picture Show* und die Bindungsunfähigkeit zum einzigen nachhaltigen Erziehungserfolg.

Ich sagte einmal zu meiner Exfreundin Franziska ganz ohne Hintergedanken, dass sie sich genauso viel Marmelade aufs Brot schmiere wie ihre Mutter. Ich konnte ja nicht ahnen, was ich damit anrichten würde. Innerhalb einer Nanosekunde sank die Stimmung auf null. Sie starrte mich entgeistert an und erwiderte nur: »Bitte sag jetzt nicht, ich sei schon genauso wie meine Mutter.« Ich versuchte sie zu beruhigen, erklärte ihr, dass ich ihre Mutter total mag. Doch Franziska stellte eine konsequente Gleichung auf: »Oh, Gott, erst schmiere ich mir die Marmelade so aufs Brot wie meine Mutter, dann schlucke ich bald genauso laut, hänge mir demnächst Hermès-Tücher um, bemuttere meine Kinder genau wie sie uns, obwohl ich mir geschworen habe, es ganz anders zu machen, und mit fünfzig, ich ahne es schon, bekomme ich auch noch dieselben Krampfadern. Super Aussichten.« Justin erzählte mir mal, er sage zu Carolin, wenn sie sich gerade mal wieder schreiend darüber aufrege, dass ihre Mutter immer sofort rumschreien müsse, immer nur: »Du erinnerst mich an jemanden aus deiner Familie.« Das sei etwas unverfänglicher, und manchmal müsse sie sogar selbst darüber lachen.

Wenn das so weitergeht, dann werden sich in den größeren Städten bald erste Selbsthilfegruppen zum Thema »Wie der Vater, so der Sohn« gründen und sich Paartherapeuten auf die neue Riesenproblemgruppe Tochter–Mutter spezialisieren. Franziska und ihre Mutter würde ich jedenfalls sofort anmelden. »Ist es nicht etwas Wunderschönes, wenn die Töchter den Müttern ähneln?«, wird dann der einfühlsame Paartherapeut fragen. Und Franziskas Mutter wird nicken und gerührt die Hand ihrer Tochter ergreifen, und Franziska wird aufspringen und den Therapeuten anbrüllen: »Nein, das ist nichts Wunderschönes, sondern da stimmt etwas nicht!« Und die Mutter wird weinen und schreien: »Ich habe doch alles nur gut gemeint. Wir haben dir doch alle Probleme aus dem Weg geräumt.« Dann wird Franziska wütend nach Hause gehen und ihrem Mann, der faul vor dem Fernseher sitzt, Fußball guckt und gar nicht merkt, dass sie zurückgekommen ist, sagen, er sei schon genauso wie sein Vater.

Trotz aller Liebe möchten wir das nicht hören und pochen trotzig auf unsere Individualität. Das zeigt, dass wir uns, zumindest ganz tief, doch bewusst sind, dass wir nicht einfach das Leben unserer Eltern weiterführen können. Und genau das ist wahrscheinlich der entscheidende Punkt: Die Menschen, die den Krieg und die Nachkriegszeit erleben mussten, hatten vor allem den Wunsch, simpel gesagt, eine Welt zu schaffen, in der sie die schlechten Erfahrungen nicht noch einmal machen müssen. So wollten sie für alles nur Denkbare vorsorgen. »Das ist ihnen – leider – auch gelungen«, sagt nun Lord Dahrendorf. Und er setzt irritierenderweise auf uns. Denn wir hätten frühzeitig erkannt, dass eine statische Welt keinen Bestand haben könne, wir seien Realisten und würden sehen, dass wir uns um Lohnnebenkosten kümmern müssten, um das Rentensystem und die Staatsverschuldung. Lord Dahrendorf hat verstanden, dass wir es sehr gerne hätten, wenn sich die Welt, in der wir aufgewachsen sind, wiederholen ließe. Aber wir wüssten, sagte er, dass es weitergehen müsse. »Ich bin deshalb nicht pessimistisch, was die Jungen angeht. Die Veränderung wird stattfinden. Nur: Die 68er müssen weg, so weit weg wie möglich.« Wir werden sehen.

Es ist Sommer, und jetzt fahren wir erst einmal weg, so weit weg wie es halt in Deutschland möglich ist: ins Wochenendhaus von Carolins Eltern auf Spiekeroog. Natürlich mit dem Wagen von Philipps

Vater. Es war klar, dass sich Nils irgendwann aufregen würde, und so kommt es dann auch, als wir auf der Fähre sitzen und schlabberige Bockwurst auf Pappe mit Senf essen: »Ist das nicht eigentlich schrecklich von uns, dass wir uns so bräsig hineinsetzen in die Errungenschaften unserer Eltern und deren alte Nudelvorräte aufbrauchen?« »Wieso«, sagt Carolin, »meine Eltern freuen sich total, dass wir hier sind, und – bitte sag jetzt nicht, ich sei schon genauso wie meine Mutter – ich freue mich auch.« Philipp erzählt dann, er habe schon seine Sachen in seinem alten Polo verstaut gehabt, aber Heinz, sein Vater, hätte drauf bestanden, dass er für die lange Reise den Mercedes Kombi nehme. »Wieso soll ich mich da querstellen?« Nils tunkt ungeduldig seinen Bockwurstrest in den Senf und sagt: »Kinder, Kinder, wie sollen wir mit euch nur je eine richtige Revolution hinbekommen.«

ES WIRD SCHON WIEDER WER'N, SAGT DIE
FRAU KERN.

Warum die Fußball-Weltmeisterschaft 2006
abgesagt werden muss. Viermal im Jahr zur
Kontrolluntersuchung beim Psychotherapeuten.
Wie rauskommt, dass Michael Jackson sich nachts
immer Wäscheklammern auf die Nase steckt. Die
Einführung der Silikonsammeltonne.

Gegen Zukunftsangst helfen vor allem Besuche von Handwerkern. Sie allein können uns klarmachen, dass es früher falsch gelaufen ist und nun die Rettung naht. In den ersten fünf Minuten des Gesprächs erklären sie in der Regel, dass der Vorgänger schuld sei und sie unseren Ärger voll und ganz verstehen könnten. Sie zeigen immer auf irgendeine Schraube oder einen Filter, den sie hinter dem Waschbecken oder unter dem Parkett hervorziehen, und sagen dann: »Kein Wunder, dass es damit Probleme gab, der hat es sich zu einfach gemacht und wollte wohl ruck, zuck fertig werden.« Das ist eine ganz perfide Methode, der sich leider alle Handwerker bedienen und die auch leider immer funktioniert. Er möchte sich unser Vertrauen durch billige Beschimpfung des Vorgängers erschleichen – und dabei ärgern wir uns über uns selbst, wir durchschauen den simplen Psychotrick des Handwerkers, vertrauen ihm trotzdem und denken sofort über die Erhöhung des Trinkgeldes nach.

Nach genau diesem Prinzip machte auch Gerhard Schröder vier Jahre lang Politik. Wenn etwas schiefging, dann sagte er: »Dafür können wir nichts, das hat uns alles der Vorgänger eingebrockt, das hat alles Helmut Kohl nicht richtig angeschraubt. Kein Wunder, dass es wackelt. Und, liebe Bundesbürgerinnen und Bundesbürger, seid froh, dass ich euch überhaupt ehrlich erzähle, wo es überall wackelt.« Wenn man das oft genug sagt, wird man offenbar wieder gewählt, denn im Herbst 2006 wird dann die neue Bundeskanzlerin Angela Merkel erklären: »Dass Deutschlands Sozialsysteme wackelig sind, liegt an Gerhard Schröder, der hat alles nicht richtig verdübelt, kein Wunder, dass wir, die Ukraine und Slowenien als die einzigen drei europäischen Länder die Maastricht-Kriterien schon wieder nicht erfüllen können.« Und dann sagt Frau Merkel auch noch, dass sie sich bei aller Liebe doch den Vorschlag aus Amerika verbitte, mit einer Neuauflage des Marshall-Plans das am Boden liegende Deutschland wirtschaftlich aufzupäppeln. Die Amerikaner haben bereits wieder damit begonnen, über Mecklenburg, der bayerischen Rhön und dem Hunsrück aus B-52-Bombern Care-Pakete für die deutsche Bevölkerung abzuwerfen. Einmal verletzen sie dabei leider Jörg Kachelmann, der gerade für die *Tagesschau* von einer Wetterstation an der Ostsee berichtet und dabei live von einem aus dreitausend Metern fallenden Big Mac an der Schulter getroffen wird.

Leider kommt es im Sommer 2006 dann noch zu einer anderen weltweiten Blamage: Die seit Jahren geplante Fußball-Weltmeisterschaft kann am Ende doch nicht in Deutschland ausgetragen werden. Nachdem nämlich die Gewerkschaften im Herbst 2005 erfolgreich eine 12,5-Stundenwoche im Baugewerbe mit vollem Lohnausgleich aushandeln, werden die Stadien in Frankfurt, München und Leipzig leider nicht rechtzeitig fertig. Zudem gilt die deutsche Nationalmannschaft von vornherein als chancenlos, weil es RTL-Gerichtsshow-Moderator Guido Westerwelle geglückt ist, sich vor dem Bundesverfassungsgericht in die Stammelf einzuklagen. Der CDU gelingt es jedoch souverän, die Schuld an dem Debakel komplett Gerhard Schröder-Köpf zuzuschieben. Allein Günter Grass begrüßt die Absage der FIFA. Grass, der sich aus Protest gegen die deutsche Haltung zum EU-weiten Pfeifenverbot inzwischen nach Kuba zurückgezogen hat und beim Buena Vista Social Club mitmacht, erklärt bei der Verleihung des Ordens »Wider den tierischen Ernst«, dass er sehr, sehr erleichtert sei, denn eine Weltmeisterschaft auf deutschem Boden wäre verheerend gewesen für unser Ansehen in der Welt. Er zieht einmal an seiner Pfeife, blickt in die Kamera und sagt: »Was bitte sollten denn die Polen denken und die Franzosen, wenn Bundestrainerin Martina Effenberg erklärt hätte, die Deutschen würden auf ihren starken Angriff setzen und schon in der Vorrunde auf Sieg spielen? Dann hätte UN-Generalsekretär Roberto Blanco dem Weltsicherheitsrat erst mühselig erklären müssen, dass dies nicht militärisch gemeint gewesen sei.« Erst dem bayerischen Ministerpräsidenten Franz Beckenbauer gelingt es, die Gemüter wieder zu beruhigen. In seiner Regierungserklärung im Oktober 2006 sagt er: »Es wird schon wieder wer'n, sagt die Frau Kern. Bei der Frau Korn is es a wieder wor'n.«

Nachdem in einer Samstagabendshow der Silikonbusen der ältesten Tochter der Telekom-Vorstandsvorsitzenden Verona Feldbusch geplatzt ist und kurz darauf amerikanische Forscher herausfinden, dass das Aufspritzen von Lippen unweigerlich Dummheit mit sich bringt, ist eine weltweite Hysterie ausgebrochen. Nur die Schönheitschirurgen verdienen viel Geld, weil sie all das, was sie reingepackt haben, wieder rausoperieren. Jürgen Dosenpfand-Trittin, Präsident des Grünen Punktes, regt an, neben den sechzehn Tonnen für die getrennte Müllsammlung nun auch eine durchsichtige für Silikonabfälle einzuführen. Pamela Anderson muss in Lugano alle Szenen ihrer beliebten Serie *Heiße Tage im Seniorenstift* mit aktualisierten Körbchengrößen nachdrehen, und Dieter Bohlen, der gerade den vierzehnten Teilband seiner Autobiographie abgeschlossen hat, sagt bei der Verleihung des Friedenspreises des Deutschen Buchhandels in München: »Ich hatte mir schon bei Naddel gedacht, dass mit ›Wahre Schönheit kommt von innen‹ nicht unbedingt Silikonpolster gemeint gewesen sein können.«

Neben Autobiograph, Altenpfleger, Friedhofsgärtner, Übersetzer aus dem Chinesischen und Schönheitschirurg gibt es um 2006 nur noch einen halbwegs krisenfesten Beruf in Deutschland: Psychotherapeut. Wir werden viermal im Jahr zur Kontrolluntersuchung beim Therapeuten vorbeischauen, der sich um unsere Weltangst und alle anderen Phobien und Süchte kümmert.

Da wir aber leider alle einem anderen Beruf nachgehen und unsere Zukunft nicht so sicher ist wie die eines Psychotherapeuten, treffen wir uns zum Zukunfts-Krisengipfel in einer Kneipe. Die vertraute Runde: Philipp, Nils und ich. Nach dem Desaster unseres Demonstrations-Vorbereitungstreffens beschließen wir, diesmal ausnahmsweise alle zu rauchen. Wir hoffen, dass es etwas nachdenklicher wirkt, wenn man beim Reden raucht und Rotwein trinkt, als wenn man Prosecco trinkt und lacht. Wir diskutieren kurz, welche Marke am meisten Nachdenklichkeit garantiert, wollen eine Packung Roth-Händle kaufen, doch die gibt es nicht mehr im Automaten. Wir kaufen dann eine von den Gelben mit dem Indianer drauf, weil die so schön unabhängig tun, obwohl sie natürlich auch einem Riesenkonzern gehören. Wir zünden uns die Zigaretten an, ziehen daran und losen, wer anfangen muss.

Ich muss anfangen. Und sage dann: »Es gibt eine Hoffnung. Die Familie.« Das sieht man bei *Deutschland sucht den Superstar* und *Wer wird Millionär*. Jeden Geographielehrer aus Wuppertal fragt Günther Jauch: »Und wen haben Sie mitgebracht?«, und der Geographielehrer antwortet immer: »Meine Frau«, dann schwenkt die Kamera auf eine nette, korpulente Dame in Blumenbluse und Weste, die verlegen lächelt. Und wenn wir alle vergessen haben werden, wie Vanessa aussieht, dann werden wir uns noch immer an Vanessas Mutter erinnern, die arme Philippinerin mit dem Karl-Dall-Auge, die so begeistert klatschte, wenn ihre minderjährige Tochter halbnackt auf der Bühne »Voulez vous coucher avec moi« hauchte. Familie kommt also, das sagt nicht nur Michel Houellebecq, sondern auch Paul Nolte. Vor kurzem glaubten ja noch alle, die Familie werde zum Auslaufmodell, weil sie der totalen Selbstverwirklichung im Wege stehe. Aber je unsicherer die Welt wirkt, umso attraktiver werden die scheinbar altmodischen Werte. Philipp sagt, da finde er aber die allein stehende Salma Hayek weitaus attraktiver. Und auch Nils meint, das sei ihm viel zu optimistisch. Wenn die Familie wieder attraktiv werde, dann höchstens weil der Gesellschaft klar geworden sei, dass sie es sich finanziell nicht mehr leisten könne, eine Single-Gesellschaft zu sein. Denn dann werde sie bald an Überalterung zu Grunde gehen. Mir fällt zwar kein Gegenargument ein, dafür die Asche von der Zigarette.

Ich nehme einen neuen Anlauf: »Auch das Verschwinden der Religion schien doch für viele Roth-Händle-Raucher fast nur noch eine Frage der Zeit«, sage ich. »Doch jetzt, da man nicht weiß, was der Islam will, und Angst hat, was aus der Biotechnologie werden wird, gibt es wieder eine Sehnsucht nach der Religion als Orientierung.« Daraufhin erwidert

Philipp, die Mehrheit sehne sich nur danach, dass sich endlich die Börsenkurse erholten. Das reiche den meisten als Orientierung völlig aus. »Gut«, sage ich, »aber gibt es eigentlich eine bessere Begründung für Ökologie, als die Schöpfung zu bewahren?« »Ja«, antwortet Philipp, »wenn man mit Ökologie Geld verdienen kann.« Ich protestiere noch mal kurz. Als keine Reaktion kommt, sage ich trotzig: »Ihr werdet es noch sehen.« Doch Nils nimmt nur einen kurzen Schluck Rotwein und sagt: »Wer's glaubt, wird selig.«

Ich frage dann Nils: »Was glaubst du denn, was sein wird 2020?« »Na, unsere Kinder klagen uns an, weil wir so furchtbar spießig sind. Wir nehmen, weil die Quarterlife Crisis so schön war, nun auch noch die Midlife Crisis voll mit. Die Ärzte bauen uns ständig irgendwelche Chips ein, und mein Handy kann sprechen und gibt mir abends einen Gutenachtkuss. Wir bekommen Post von der Rentenkasse, die uns mitteilt, dass wir leider kein Geld mehr rausbekommen werden. Und unsere Kinder entdecken wahrscheinlich gerade wieder den Sozialismus und werden uns erzählen, wie geil Kommunen sind, Simon & Garfunkel und Räucherstäbchen. Weil das Öl weltweit ausgegangen ist, machen die Deutschen vor lauter Hysterie sogar ihren Salat nur noch mit saurer Sahne an. Und weil es zehn Millionen Deutsche weniger gibt, stehen kurzzeitig ganze Stadtviertel leer. Weil dann wenig später die Polarkappen abschmelzen und die Nordsee Niedersachsen überflutet, sind im Süden jetzt überall evakuierte Norddeutsche untergebracht, und die trockenen Teile des Landes sind alle wieder gefüllt. In die leer stehenden Jugendherbergen werden heimatlose Pinguine vom Südpol einquartiert. Der makabre Ozonloch-Tourismus nimmt weiter zu, erste amerikanische Firmen laden inzwischen ein zum Durchfliegen des Ozonlochs mit dem Propellerflugzeug. Und wir, wir werden uns immer mal treffen und fragen, ob wir nicht endlich einmal gegen die Umweltzerstörung demonstrieren sollten, schließlich ist doch schon die gesamte norddeutsche Tiefebene weg.« Aber dann fällt uns ein, dass wir nachher noch zur Rückengymnastik müssen. »Ja, und du schreibst dann wahrscheinlich *Generation Golf fünf*, schätze ich mal«, sagt Nils. Ich schaue leicht gequält. Philipp erwidert, er wisse nicht so recht, ob er sich wirklich fürchten müsse vor der Zukunft. Er habe Dolly, das erste geklonte Schaf, entstehen und sterben sehen und wisse, dass es trotzdem noch immer kein Mittel gegen Warzen an den Füßen gebe. Das lehre Demut.

2020, so stelle ich mir vor, hat der Islam überall in Bayern Einzug gehalten, weil islamistische Extremisten sich Zugang zu den Zwiebelturmkirchen verschafft und dann die Kuppeln bis zur Moscheegröße mit Helium aufgeblasen haben. Mit ABM-Mitteln werden die letzten verbliebenen Vertreter der Kirchenchöre zu Muezzins umgeschult, um dann allabendlich, wenn die Sonne hinter den Bergen versinkt, die Dorfbevölkerung zum Gebet aufzurufen. EU-Alterspräsident Joschka Fischer gelingt es, den Regierungssitz der EU von Brüssel auf seinen toskanischen Landsitz zu verlegen, wo er in neunter Ehe glücklich mit Madeleine Albright zusammenlebt. In Amerika verhängt Präsident George VW Bush, der im Volkswagenkonzern einen neuen Namenssponsor gefunden hat, gemeinsam mit seinem Vater George W. Bush, der sich kurz zuvor zum Gegenpapst ernannt hat, und mit seinem rüstigen Großvater George O.hne W.as D.azwischen Bush nun auch die Todesstrafe für Rauchen in öffentlichen Gebäuden. Promifriseur Oliver Kahn betrügt seine Geliebte mit der Exfrau von Klaus-Jürgen Wussow. Im afghanisch-pakistanischen Grenzgebiet eröffnet Osama Bin Laden einen Videoshop, wo er vor allem seine legendären frühen Videos aus Nomadenzelten, in denen er auf die Amerikaner schimpft, zum Verleih anbietet. Außerdem produziert er neue Folgen, noch dazu in deutlich besserer Qualität, da er Werbeminuten an Coca-Cola verkauft. Die Bundesanstalt für Arbeit hat gerade Insolvenz beantragt und das Bundesverfassungsgericht einen Angeklagten freigesprochen, der nach der viertausendsten Nachfrage »Mit alter Bahncard oder neuer?« einen Bundesbahnbeamten grün und blau schlug. Auf den Friedhöfen sieht man plötzlich lauter Grabsteine mit Doppelnamen, und im 68er-Museum in Kreuzberg gehen die Besucherzahlen stark zurück, seit Kartenabreißer Hans-Christian Ströbele in den Ruhestand gegangen ist und zudem der *Spiegel* enthüllt hat, dass die dreiteiligen Anzüge »Modell Joschka seriös« aus dem Museumsshop in Kinderarbeit in Vietnam hergestellt wurden. Die Klatschpresse regt sich über Harald Schmidt auf, weil er in den zweistündigen Werbepausen seiner Late-Night-Show seine dritten Zähne in ein Glas mit deutschem Wasser und Corega Tabs wirft und einmal dem Dalai Lama ein Glas Kefir angeboten hat, weil es laut Deckelbeschriftung in Nepal der »Trank der Hundertjährigen« ist. Sorgen macht man sich auch um Michael Jackson, der seit Jahren eine weiß-gelbe Dauerwelle trägt wie die hysterische Alte in den *Golden Girls*. Weil seit dem schrecklichen SARS-Virus alle nur noch mit einem Michael-Jackson-Mundschutz durch die Straßen gehen, will Jackson noch einen neuen Trend draufsetzen und lässt die Wäscheklammern, die er sich nachts auf die Nase steckt, um sie noch dünner zu bekommen, auch tagsüber auf. Überall laufen die Teenager nun mit Wäscheklammern auf der Nase herum und singen begeistert mit, wenn im Radio das neue Duett von Jackson und Reiner Calmund läuft, die Danceversion von *O Tannenbaum*. Wir Älteren müssen ihnen dann erklären, dass es in Deutschland früher im Dezember immer kalt war, dass es manchmal sogar schneite und im Wohnzimmer dann für vier Wochen ein Weihnachtsbaum stand. Wir versuchen trotzig, ihnen die Geschichte von Jesu Geburt zu erzählen, auch wenn die meisten jetzt zur Weihnachtszeit in das nächste Sumpfgebiet fahren, um sich Bambusstangen für den heimischen Buddha-Schrein zu schlagen.

Aber man darf die Hoffnung nicht aufgeben. Mut kann einem Papst Johannes Paul II. machen, der, inzwischen stark auf die einhundertfünfzig zugehend, dennoch weiterhin an Ostern der Christenheit am Petersplatz seinen Segen spendet und der seine Krankheit am Ende des zwanzigsten Jahrhunderts inzwischen als »kleine Schwächephase« abtut. Er hält seine Predigt neuerdings zielgruppengerecht in fehlerfreiem Chinesisch.

»In the long run wird eh alles chinesisch«, sage ich. »In the long run«, sagt Nils und drückt genüsslich seine Zigarette im Aschenbecher aus, »we are all dead.« Doch wir finden das ein bisschen arg deprimierend als Schlusssatz für ein ganzes Buch, und deshalb einigen wir drei uns darauf, dass es ja zum Glück dann doch immer anders kommt, als man so denkt.

REGISTER

Abfindung 64, 66
Abitur 24, 25, 26, 63
Afghanistan 98, 105f.
Aktien 47–49, 51–58, 60, 63, 67, 70, 92, 196, 224
– Berichtigter Wertzuwachs 60
– Verluste realisieren 57
Albright, Madeleine 249
Aldi 79, 81
Al-Dschasira 46
Altenpfleger 244
Amend, Christoph 219
Anders, Thomas 18
Anderson, Pamela 244
Angst 64, 80, 88, 106, 121f., 144, 156, 160, 193, 223, 232, 240, 244, 246
Anrufbeantworter 177, 180–182
Anti-Baby-Pille 205
Arbeit
– Leistungsprinzip 30
– sicherer Arbeitsplatz 118
– Arbeitsrechtler 64
– Arbeitslosigkeit 63
Atomkraft 26, 221, 222
Aufladegerät 187, 190
Aufschwung 29, 61, 68, 146
Auslandsstudium 12, 63
Ayurveda-Therapie 81

Barzel, Rainer 211
Bayern München 120, 151
Beals, Jennifer 124
Beckenbauer, Franz 73, 76, 243

Becker, Boris 99, 121
Benimmregeln 191
Berlin 22, 68, 97, 133–173, 202, 213
– Berlin-Roman 146
– Berliner Stadtviertel-diskussion 170
– Themenpark Mitte 168f.
Berninger, Matthias 218
Beziehungen 115–132
– Beziehungs-Alarm 122
– moderne Beziehungs-dramaturgie 192
– Bindungsunfähigkeit 234
– Scheidungskarussell 126
– einvernehmliche Trennung 65
Big Brother 29f., 221
Bin Laden, Osama 44, 46, 104, 249
Bioladen 79, 81
Biolek, Alfred 95
Biotechnologie 246
Blanco, Roberto 243
Boettcher, Grit 172
Bohlen, Dieter 18, 21, 30, 106, 121, 244
Bonn 141, 149, 151f., 164, 177, 184
Börse 47, 53, 57, 62, 69, 163, 213, 247
– *Börse im Ersten* 62
– Börsenboom 49, 207
– Börsencrash 54, 57, 87
Botox-Spritzen 216
Boulevard Bio 95
Boutros Boutros-Ghali 124

Brandt, Willy 211
Bravo-Starschnitte 67
Brunchen 101
Bsirske, Frank 227ff.
Bude, Heinz 209
Buena Vista Social Club 164, 166, 243
Bundesschatzbriefe, festverzinsliche 69
Bundestagswahl 94, 103
Bundeswehr 94, 97
Bury, Hans Martin 219
Bush, George 23, 249
Bush, George VW 249
Bush, George W. 23, 43, 249

Caipirinha 147
Capri-Sonne 211
Carrell, Rudi 228f.
Carrera-Bahn 185
Castor-Transporte 222
CDU 102, 211, 221, 242
Cellulitis-Alarm 122
Christo und Jeanne-Claude 142ff.
Clinton, Chelsea 23
Computer 47f., 69, 118, 193–199
– Computerchinesen 48
– Computerinder 48
– Moorhuhn 196
Corega Tabs 74, 250

Dahrendorf, Lord 236
DaimlerChrysler 53, 224
DDR-Landwirtschafts-kombinate 168
De Maizière, Lothar 144
Demonstration 209, 221f., 224, 229, 245
Deutschland – Ost 17, 63, 108, 110, 117,

127, 132, 134, 140f., 145, 152f., 157–160, 162f., 171f.
- Ossi 112, 144
- Ostgurken 233

Deutschland – West 108, 138, 140, 142f., 145, 147, 149, 152f., 157–162, 170f.
- Wessi 113, 159
- Westgurken 233

Deutsche Bahn
- neues Tarifsystem 15, 224

Deutschland sucht den Superstar 30, 212, 227, 245

Die fabelhafte Welt der Amélie 80f.

Die Venusfalle 154ff.

Die 80er Show, 21

Diepgen, Eberhard 139, 149

Dietl, Helmut 98

Digitalkamera 75, 77, 88

Doppelnamen 10, 23, 250

Dornenvögel 215

Dörrie, Doris 129

Dosenpfand-Trittin, Jürgen 244

DVD-Player 75, 77, 196

Eastpak-Umhängetaschen 137

eBay 72, 76, 196

EC-Karte 20, 49

Effenberg, Stefan 76

Eigentumswohnung 53, 171

Elstner, Frank 214

Eltern 10, 12f., 15–17, 19–22, 24, 28, 53f., 64, 70, 109, 128, 157, 171, 201–237,

Eltern, übermüdete 117

Eltern-Kind-Kleingruppen 171

E-Mail 88, 193–199, 217

Engagement 33, 213, 219, 232

Entlassung 65

Familie 106, 132, 183, 234f., 245
- Familienidyll 118, 203

Faxgerät 112, 177–179

Feldbusch, Verona 243

Feng Shui 155

Ferres, Veronica 98f.

Finkielkraut, Alain 127

Fischer, Joschka 68, 207, 215, 220, 249

Fitnessstudio 67, 121, 216

FKK-Strand 206

Franka-Potente-Zeit 68

Franzen, Jonathan 70

Freundschaft, deutschamerikanische 42

Friedensbewegung 222

Frisur 123f.

Fußball 61, 67, 120, 127, 189, 235, 242f.

Geburtstag, dreißigster 22, 31

Geil, Rudi 77

Gemeinschaftskundelehrerin 102, 204

Generation
- 68er 57, 96, 101, 108, 202, 204, 209, 210, 215ff., 229, 236
- die Älteren 24f., 50, 63, 73f., 96, 104, 119, 136, 207, 214, 216–218, 231f., 251
- die Jüngeren 25, 73f., 108, 126ff., 231f.
- Generation Golf 67, 72, 216–218, 220f., 232, 248
- Generation Golfkrieg 231f.
- Generation, skeptische 220
- Generationenfriede 22
- Generationenkonflikt 207f., 220f., 233

Genscher, Hans-Dietrich 58f., 109

Gewerkschaften 224f., 228, 242

Good by, Lenin 232

Gottschalk, Thomas 98ff., 125

gottschalkskompatible Politik 99, 102

Grass, Günter 242

Greenspan, Alan 58f.

Grönemeyer, Herbert 21

Grünewald, Stephan 192

Gute Zeiten, schlechte Zeiten 63

H&M 10f., 81, 127

Haffa-Brüder 69

Handy 97, 116, 176, 181, 186–194, 247

Happy 129

Harley-Davidson-Käufer 73

Hayek, Salma 246

Heiapopeia-Jugend 207

Heimat 9, 22, 109, 158

Hera-Lind-Lektüre 216

Hermann, Judith 32, 148f.

Hitzfeld, Ottmar 76

Hochzeit 116–119, 123, 126f., 130
- Brautstraußwerfen 127
- Hochzeitsanzeigen 10, 88

Horx, Matthias 79

254

Houellebecq, Michel 246
Huberty, Ernst 214
Hunziker, Michelle 95, 227
Hunzinger, Moritz 227
Huntington, Samuel 105
Hussein, Saddam 43 ff., 71

IKEA 75, 76, 128
Illner, Maybrit 169
Insolvenz 14, 166, 250
Internet 14, 29, 65, 67 f., 70, 196, 198
– Amazon 196
– gmx 198
– Google 14, 28
– offline 80
– T-Online 199
Interrail 108
Irakkrieg 23, 35, 63, 80, 87, 107, 219
Irak sucht den Super-Saddam 46
ISDN 177
Islam 105, 246, 249

Jackson, Michael 17, 239, 250 f.
Jagoda, Bernhard 63
James Bond 214
Jauch, Günther 245
Johannes Paul II. 251
Juhnke, Harald 142, 153

Kaba 9
Kachelmann, Jörg 242
Kahn, Oliver 73, 76, 106, 249
Kapitalismus 57
Kerner, Johannes B. 229
Kiesbauer, Arabella 228
Kinder 50, 64, 72, 76, 117 f., 121, 126, 136, 157, 171, 222, 232–234, 237, 247

– Patenkind 12
– Pubertät 28
– Windelwechseln 127 f.
Kirch, Leo 57
Kirchberger, Sonja 154 f., 161
Klassenfahrt 19, 24, 183
Kohl, Helmut 21, 49, 56, 79, 98, 132, 241
Konsumverweigerungswelle 74
Kosovo 94, 226
Kostolany, André 57, 58
Krähenfüße 8
Krampfadern 234
Krankenkasse 205, 212
Küblböck, Daniel 211

Latte Macchiato 133 f., 137, 147, 163 f.
Leinemann, Susanne 219
Liebling Kreuzberg 36
Lindenstraße 86, 87
Literarisches Quartett 18
Lofts 158 f., 166
Loriot 214
Loveparade 148, 169
Löwenthal, Gerhard 214

Magisterarbeitsthema 33
Makatsch, Heike 130
Mallorca 10, 91–94, 96, 102, 109, 196
Marthaler, Christoph 57
Matthäus, Lothar 179
Mauerfall 108
Mayenburg, Marius von 234
Merkel, Angela 241
Middelhoff, Thomas 69, 215
Midlife Crisis 28, 247

Möllemann, Jürgen W. 59
Moreau, Jeanne 182
Müller-Westernhagen, Marius 21, 99
Mütter-Genesungswerk 183

Naddel 18, 192, 244
Narzissmus 218
Nazi-Zeit 210
Nena 21, 222, 224
Neuer Markt 62, 69
Neue Mitte 140
New Economy 62
New York 103 f., 106, 167
Nutella 8 f., 26

Ökologie 247 f.
Ökonomie 47, 61
Ökumene 61
Old Economy 69
Old Europe 42, 58, 93, 107

Pace 46, 232
Palm 63
Pausewang, Gudrun 222 f.
Pazifisten 107
Pershing-II-Raketen 208
Pilati, Gräfin 94 f.
Plenarbereich Reichtagsgebäude 145
Pohl, Marie 19
Popliteratur 62
Poschardt, Ulf 223
Postleitzahlen 17
Prosecco 230, 245
Protest 24, 53, 71, 125, 205, 209 f., 221, 229 f., 242
Psychotherapeut 89, 239, 244 f.
– Paartherapeut 235

Quarterlife Crisis 7, 28 f., 247

Rammstedt, Tilmann 153
Räucherstäbchen 247
Rente 17, 31, 205, 212, 236, 247
– Rentenalter 31
– Rentenfonds 74
Renzi, Anouschka 153 f.
Rice, Condoleezza 120
Ricke, Kai-Uwe 23
Rinck, Stefan 146
Rotbuschtee 86
RTL 30, 62 f., 120, 136, 154, 227, 242
Rumsfeld, Donald 42–44, 48, 107

SARS 250
Schäfer, Bärbel 228
Scharping, Rudolf 85, 94–97, 102, 111, 144
Schlingensief, Christoph 233
Schmidt, Harald 226, 250
Schmidt, Helmut 69, 215
Schneider, Gregor 233
Schoko-Katzenzungen 203
Schröder, Gerhard 8, 45, 55, 73, 85, 94 f., 97–100, 102, 143, 196, 199, 215, 241 f.
Schumacher, Michael 120
Schwarzer, Alice 220
Senioren 227
– Seniorennachmittag 210
– Seniorenstift 74, 244
– Seniorenteller 16
Serengeti darf nicht sterben 110
Sex 40, 70, 128

– Hänsel-und-Gretel-Syndrom 115, 132
– Telefonsex 122
Siegel, Ralph 192
Silikonabfälle 244
Silikonbusen 122, 243
Single-Gesellschaft 246
SMS 106, 119, 188 f., 199, 231
Sommer, Ron 69, 215
Sozialauswahl 64
Spaßgesellschaft 62, 97, 218
Späth, Lothar 77
Speck, Karsten 172, 227
Spengemann, Karsten 227
Start-up 67–69, 159
Stephan, Cora 216
Stoltenberg, Gerhard 42
Streiklaufbahn, aktive 227
Struck, Peter 97
Studenten-WG 13, 215
– Gemeinschaftsküche 213
Supermotivationstabelle 220

Tatort 130, 180
Telefonkarten 185
Telefonzelle 175, 181–184
Telekom 14, 23, 146, 176, 224, 243
Tempo-30-Zonen 157
Thierse, Wolfgang 144 f.
Thoelke, Wim 98
Trittin, Jürgen 78

Überalterung 246
UMTS 177
Urabstimmung 225
USA 42, 70

Valentinstag 121

Verbotene Liebe 63
Viagra 75 f.
Vogel, Hans-Jochen 98
Volkswagen 72, 249
– Bus 110 f.
– Golf 26, 116, 221
– Polo 237

Wahre Liebe 154
Waldsterben 222
Wallraff, Günter 59
Wanders, Lilo 154
Warnstreik 224 f., 229
Weihnachten 7, 11 f., 15, 19 f., 105, 203
Wellness 18, 35, 81–83, 230
Weltfrieden 231
Wer wird Millionär 245
Westerwelle, Guido 242
– westerwellehaft 135
Wetten, dass...? 98, 170, 214
Wieczorek-Zeul, Heidemarie 144
Wiedervereinigung 219
Wirtschaftskrise 11, 40, 168
Wirtschaftswunderland 205
World Trade Center 102 f., 107
Wulff-Matthies, Monika 226
Wussow, Klaus-Jürgen 249

Zara 11, 81
Zeh, Juli 107
Zlatko 18
Zonenkind 113
Zonenrandgebiet 158

9. November 108
11. September 42, 80, 87, 102, 104 ff., 107 f.